亚运

SELECTED POEMS
ABOUT THE ASIAN GAMES

诗选

杭州市萧山区文学艺术界联合会
杭州市萧山区作家协会 编

浙江工商大学出版社
杭州

图书在版编目（CIP）数据

亚运诗选 / 杭州市萧山区文学艺术界联合会, 杭州市萧山区作家协会编. — 杭州：浙江工商大学出版社，2023.8

ISBN 978-7-5178-5623-8

Ⅰ.①亚… Ⅱ.①杭… ②杭… Ⅲ.①诗集—中国—当代 Ⅳ.①I227

中国国家版本馆 CIP 数据核字（2023）第 147227 号

亚运诗选
YAYUN SHIXUAN

杭州市萧山区文学艺术界联合会　杭州市萧山区作家协会　编

责任编辑	张晶晶
责任校对	韩新严
封面设计	李酉彬
责任印制	包建辉
出版发行	浙江工商大学出版社
	（杭州市教工路 198 号　邮政编码 310012）
	（E-mail：zjgsupress@163.com）
	（网址：http://www.zjgsupress.com）
	电话：0571 - 88904980，88831806（传真）
排　　版	尚俊文化
印　　刷	杭州丰源印刷有限公司
开　　本	889 mm×1194 mm　1/32
印　　张	6.25
字　　数	144 千
版 印 次	2023 年 8 月第 1 版　2023 年 8 月第 1 次印刷
书　　号	ISBN 978-7-5178-5623-8
定　　价	68.00 元

目　录

凿子：在萧山围垦历史陈列馆（外二首）

◎ 敖运涛

一把锈迹斑斑的凿子，静静地横卧

几百年，这里是海浪滔滔、盐、白茫茫的滩涂

螃蟹用双螯钳着贫穷的时光，横冲直撞

沙头鸟，面黄肌瘦。渴望的眼神中，一跃而起的凿子

咬住"鬼王潮"的咽喉，与死神迁徙较量

和饥饿、坍塌角力，推沱头，开河道

种植棉、稻、油菜，建房，办厂……集体的，力量之美

劳动之美——始自20世纪五六十年代

是开花的梦、咆哮的史

那一段被峥嵘紧握在手的岁月

那一段在眼泪里熠熠生辉的岁月

访天乐寺

在水流拐弯处，安顿下来

聆听或凝望：驮着黄金的落日

一路狂奔的，叫钱塘江，也叫罗刹江

与其说把这人世间的陡峭、苍茫、尔虞我诈

和一颗争名逐利之心，安放在
围墙之外、钟声之侧——
不如，如实志之：
"背枕越山之畔，门迎越王山巅"
《天道》有云：
"言以虚静，推于天地，通于万物"
大体抵不过，一畦地、半亩田
抵不过冬笋、春茶、萝卜、大白菜
抵不过西芹、南瓜、四季豆，如此等等
何况，庭院中的鸡爪槭已吹响了
牵牛花的喇叭在仰望，漆黑的暗夜中
闪现的星辰，未必会
低于假山、雕栏和芸芸众生
何况，那参禅、修行、柴门半掩的天乐寺
在清朝还叫东坞庙
在元代之前，神也无从考证

水族脸谱

从水中请来甲鱼、螃蟹、鲍鱼、河蚌
也就请来了红脸关公、蓝脸窦尔敦、青面徐世英
请来七星图、白月牙、三眼
龙眉、蛤蟆、红葫芦、阴阳图
雷电纹……所谓工分净丑，惯用夸张
揉、勾、抹、破，橙黄靛紫，犀利流畅……
以此证明：那些死去的和以为死去的
依旧在同一个世界活着
依旧可以嬉笑怒骂、五彩斑斓

消夏大法（组诗）

◎浪　花

报村主任书

你好，村主任
我们期盼亚运会
家里已经装饰一新
也备下了江鲜和萝卜干
我想做点力所能及的事
每天一万步
可不可以走到奥林匹斯山
在历史的长河里
也曾有过另一种运动
潮水退去，什么都没有留下
青山隐隐，绿水迢迢。兹事体大
以上提醒。秋安

莲　花

你去看莲花
它们便成了莲花
大莲花护佑亲人
小莲花原谅仇人
它们放生的鱼
在涛头看红旗
它们放飞的鹰
在天上找月兔
你双手合十
愿人间百般美好

建　筑

要说水上建筑，还是现代的好看
比如某某中心，穹顶是空的
把蓝天、白云和波涛都吃过来，很仙的
云朵里没有蛛丝，江上没有尘土
而中庭辽阔，可随意调节景深
当然，好作品都讲对比
女设计师拍她婆婆的马屁
加了点传统园林

渔　浦

钱塘、富春、浦阳
三个线头拎起来，打个结

结是重点
并非所有的江河都有重点
结是诱饵
是不是好江
不看鱼
看渔翁

白鹭也是渔翁
两者哪个美
很难讲
白鹭单腿直立时更好一些
就是不能翻白眼

贪玩的，都想当诗人
成为诗人后，都爱翻白眼
而能翻出新意的不多

谢灵运、李白、苏轼是同一个妈妈生的
衣服、鞋帽，哥哥穿了弟弟穿
但杜甫不是

我以前也写诗
现在不写了
我用三尺剑刮鱼鳞
鱼鳞琐碎

独木舟

八千年有多长，五点六米
应该还有一半的，它们雌雄同体
这根雪茄，唯独往事能抽
因为井然有序，跨湖桥是自由的
人们尽情采摘捕猎。傍晚回家
村口没有栅栏，人鱼两便
那位古灵精怪的女子
在鹿角器上刻下"我爱你"什么的
她生性乐观。也许，在你看来这没什么
就算当红谐星，也是过眼烟云
世人皆爱时新，新人返身丛林

欢潭村

欢潭，名儿真好
可惜了，她隶属"进化"镇
欢潭挑人，喜欢我这样的
那位叫孙昌建的
好几回被白茅、花枝、狗尾草弹出去

消　夏

世人都说萧山好
它青春、富庶
我们习惯称一方热土

热土真热
每座写字楼里都挂着太阳
快递小哥撞到了时间
大中午的，41℃ +

人人都有消夏大法
张生打折扇
十六根象牙骨
祝枝山手写工尺谱

李生水井泡西瓜
走遍江湖田好
尝尽百味盐好
咱老百姓，还是瓜好

王生脑瓜灵，懂行情
直接申请人工降雨
不能小觑人工呵
它也是文明的产物

当然，最不济
待在家里开空调
只要不低于26℃
像我这样
所有体育项目中只会呼吸的人
很少去大润发
或人民广场地铁站

最高明的还是萧山人
格局大，道行深
他们学习勾践"四顾萧然"
果然凉快了

一块生长"亚运"的土地（组诗）

◎达 达

七彩未来城

在瓜沥，我们一脚踏入未来
并非魔幻
未来的阳光仍像今日一样酷热
阳光中变幻出
"赤橙黄绿青蓝紫"七色
瓜沥人以此分区
构建一幅以亚运为经纬
发展为主线
幸福生活为宏大背景的蓝图
让我这个刚从未来穿越回来的旧人
也忍不住身披七彩羽衣
叩响那道并非虚拟的汉语之门

瓜沥亚运场馆

透过未来城的幕墙玻璃
瓜沥的亚运场馆
一圆一方
耸立在沙地上
像传说中的UFO飞碟
静悄悄等待起航

忽然有种不真实感
在萧山瓜沥乡下
我们先是穿过时间虫洞
抵达七彩未来城
紧接着又在未来城舷窗边
邂逅驻停的外星人飞碟
据说他们也是来参加亚运会的
我们见到的这幕景象
其实是一场热身

过思家桥有感

在知章村过思家桥
桥是座古石桥
简陋、粗硬
如果不说
我们定会以为

这不过是座无名桥
但在知章村就不一样
我们循着半部盛唐史的足迹
潜入知章村瞻仰贺知章老先生
我们踩着贺知章踩过的石板地面
站在贺知章躲过雨的屋檐下
仰望在历史中来回交替的兴衰沉浮
同在一座诗歌大厦
我们的心意竟如此相通

路上的亚运

亚运在路上
亚运已在路旁
亚运在哪条路上我们就不说了
那肯定是一条时间的路
一条时代的路
一条宽广正大的路

亚运已快要抵近我们
不用快马
不用加鞭
亚运正一步一个脚印踏进杭州
踏进萧山，踏进
一个名叫瓜沥的地方

天乐寺

能进所前的天乐寺
喝上一杯红茶的人是有缘人
能到所前的天乐寺小坐一会儿
听如洲住持谈谈人生是有福的人

我们在匆忙的大地上奔走
忘了开悟是怎样一种境界
我们在逐利的浮坪上滑行
不知得道是怎样一种造化

那是一座很不起眼的小庙
某日我们走进天乐寺又从中出来
灵魂吹拂过它的一缕微风
让我灼热的身体得到了片刻的清凉

围涂，作为萧山的光辉史

每个地方都有每个地方的精神秘史
你不必区分何为李，何为杏
它们均为我们理解一种奋斗文化的密钥
比如围涂，作为解读萧山
"奔竞不息，勇立潮头"精神的出口
其标签作用不可替代

让我们回溯萧山围垦史的几个之最
1950年长河、长一、江三、江二等村
在钱塘江边开始自发围涂
这是自新中国成立后的第一次围涂
1966年下半年，由省、市、县联合
在九号坝下游围垦22500亩
这是发生在那块土地上的第一次大规模围涂
1968年7月至12月围垦36000亩
从白虎山至蜀山段南沙大堤西、北、东三面临江筑堤
这是困难和挑战最多且最具攻坚性的围涂
1970年11月至1971年1月
军民联围，面积达97000亩
这是萧山围垦史上面积最大的围涂
1986年11月至1987年1月
围涂52000亩，共出劳动力23万余人
这是萧山史上出劳动力最多的围涂
1993年10月至12月，围涂13000亩
这是萧山有史以来第一次机械化大围涂
2005年12月至2007年12月
在萧围二十工段至二十二工段围涂17800亩
这是萧山至今为止的最后一次大围涂

近六十年的围涂史
创造了无数奇迹般的壮举
归纳和概括出的几个之最
无非基于一种表述的方便
唯有人在这漫长的围涂史中

发生的和经历的更令人动容
我们看到今日的萧山如此发达繁荣
那是一枚硬币的正面图案
在硬币的背面，则有无数萧山人民
战天斗地实施大围涂的身影

灯灯的诗（组诗）

◎灯 灯

独木舟

一人独舟。一人在讲解员的讲解中
过重山，越激流
独自返回古老时光的源头

一个人像先人一样：火烧大树，用石斧、石锛砍
一个人削啊削
要削出一个合适的长槽，在里面，安放自由和落日

一个人，重新在火中，看见树枝弯曲的深意
看见树叶燃烧，万物各在其位

木舟即成。千山万山都是同一座山
船过处，皆抚慰，皆启示

湿泥温润。水在水中：再一次
等待它的桨

跨湖桥遗址

冰川融化，爱成为一件
难以考证的事

八千年以后，贝壳栩栩如生，陶片重新出土
海水在影像中，一次次冲撞
淹没，寻找，确认

爱过，就知道，心有沙砾、岩层
爱过，就知道，刳木为舟

偏向虎山行

我们轻盈，上升，销魂
木舟上翘的弧度，正好是月亮的两端
正好是，月亮照着人间，古今
是火，和水

是火在火中：不问来处
是水在水中：不问归处

壬寅年仲夏，在欢潭村

渴了，当饮潭水而欢
累了，问水：应四时澄澈

我们都有一颗动荡的心

西瓜在田地守护清凉
村口古树缄默，风吹世事，吹着一路
颠簸的云
无非是，定风波，寻出路……

无非是，暮色越过群山
马匹，从我看得见的天边归来

暮色晚。　曲终，　曲又起
凉风习习，一个字面不改色

多少年了，都像我们初握笔时
不安，颤抖

我们写"义"字，白墙黑瓦，写
生长，和磨灭的时光

马蹄急，急了又急

我们亦岳飞，亦汉字归来
繁星满天

我们写。写"义"字，繁体的"義"字

亚运之地（组诗）

◎冬　箫

红山的盐粒

一座江山的红色，源于盛大
江湖平原之上，它的根基与精神
经过暴晒
成为一块块盐板上晶莹的盐粒

这是一个炭火一般的场面
我想用一个词
来诉说这段历史。诉说它的炽热、笃诚
和前后的云泥之别
还有迷幻的风从江上吹来
令你古铜色的肌肤泛出了红晕

此刻，我也站在烈日炎炎之下

无风，却一直惴惴不安

七彩的城市

在七彩社区走上一圈
再从屋宇的间隙
望一眼莲花碗
那个即将从中盛开的城市
与我对视

我当然知道这朵莲花
那些清纯、高雅、圣洁的词语
已经包容不下它的寓意
所有即将发出的不同语言
与竞争后的和缓
都将与之契合
与之一起平静
就像现在
它在阳光下熠熠闪光
同时，又默默静候

虚掩的门

这一刻，我受虚掩的静默诱惑
纷扰踅回的背影
开始虚化

我寻找着心中虔诚的器物
开始祷告

一面绝壁的寺庙下
红枫不再
听僧人说，等到烂漫的时节
一壶茶，一束阳光
足以让世间模糊不清的景物
触手可及

所以，门一直虚掩着
进来，出去
皆是人的清醒与迷茫

跟着感觉走访知章村

一条小河、一座古桥
在身体里有了偶遇的冲动

此刻，时序已不堪大用
只有曲高和寡的乡音
似乎带着些怀念的感觉

一座文笔山袅袅的墨香尚在
一座石牌坊威严的光芒尚在
还有一棵树、一间屋
一些古老中穿梭的影子

似乎已经覆盖了我，我的脚印
以及我反复念叨的
那首《回乡偶书》

当湘湖遇上夜

一切都会慢下来
比如灯光，比如灯光后面的
跨湖桥和下孙文化

它们沉寂着
把胸中千古的话
留在了湖面，风中，灯光与黑暗的交界处
毛边，清淡但厚重

它们不曾反光
不曾把土陶说成新石器人类的智慧
还有独木舟折戟般飘零
它们只是懂得
把行踪留在这里
哪怕一丝风
一丝细微的夜色
都足以让后来人
抱住自己，托起沉思的脑门

萧山采风诗歌（组诗）

◎龚 艳

七甲河

不起眼的七甲河，徐徐淌进我的视线
钱塘江的一条毛细血管，脱胎于荒芜

每一笔书写，为自己想要的模样雕琢
莲花依水盛开
阳光把银鳞沉落河中，凝成银白蝶翅
从水中腾起，栖息河畔

鸥鹭倾身划过水面，溅起轻微小水花
蜿蜒，如同灌篮顺滑的弧线
飘扬起一条蓝丝带，点缀这座城市
给世界的礼物

完善的历程总是显得枯燥

终将在某一刻，要冲击天空的C位
大海就在不远处。再微小
也将归宿于海洋

独木舟的梦境

走进跨湖桥遗址幽暗的地下大厅
如同进入独木舟的梦境

像一块树皮，薄薄船体粗糙不平
仿佛留下鳄鱼和风暴的齿印
也许镌刻在某一处的太阳纹符号
正散发咒语的意念
远处传来捕获鱼虾的欢呼
……
超出想象的极限
无法细致描述的八千年
眼前的像一个不真实的存在
而时间并不健忘

一张张在展柜玻璃上映出的
好奇张望的面孔
从每一条木隙中和时空的夹层里
竭力寻找相似的基因
注定是天生的弄潮人
抑或早有连接外界的"野心"？

湘湖水在头顶汩汩作响
梦被唤醒，八千年真不是一个传说

欢　潭

三伏天的尾巴丝毫没有收拢的意思
欢潭的出现，如同从天而降的精灵
幽绿清透，犹如一块清凉的碧玉
足以驱走一身的火气

千年前，用性命抵抗金兵的岳家军
用此水延续生命
从此，欢潭成为
这个被群山环绕的村庄的代名词

出走，回乡
大司空家庙进士牌匾高悬
受滋养的田氏家族，荣耀高过远处的青山
千百年来，潭水驻守着义气
在拉长的历史卷轴中，滴水的回报在轮回

蜻蜓贴着潭口低飞
潭水微微晃动
照见自己的影子
还照见了更多的影子

郭汉城故居纪念馆

站在戏台的背后，沉淀台前的喧嚣
凝成一句句诗行
在的笃班中安放的童年
从板胡的咿咿呀呀中开启成长

昆曲的儒雅、越剧的温婉、京剧的铿锵
成为他性格的组成
柳梦梅、赵五娘、崔莺莺
都在他笔下生动地活着
小小的故居，怎么装得下他对戏曲的爱意啊

我们寻寻觅觅，在磕碰的一生中
寻找戏剧化的美好
而他在戏中雕琢人生
发现并弥补现实的缺口

屋外，从高八度的蝉声中听出笛音袅袅
戴村镇里溪水潺潺，继续吟唱
没日没夜

萧山的三个纬度（组诗）

◎过承祁

和雨水一起畅饮的瓜沥

萝卜干的咸舔着潮水的
唇，消炎、防暑、开胃

我的睡眠，说来就来
它依偎着溪流的清浅

花边是新闻也不是新闻
是三百里客愁的导航

隔着玻璃凝望着圆形的
文体中心装饰的花边

杭州亚运会
这里该是什么样的潮水

我会和丰沛的雨水及
词语一起畅饮火的夜色

蜀　山

一山独秀，文笔峰的柔软
埋进白云的胸膛。贺知章
的老家，造了一座石桥
族长相继懿修。那是街道
明艳的嘴唇。步入"十灰"
韵部，与各自的故乡重叠

她挽着我，我搂着她
那条河的拐弯之处，那些
白紫相间的鸢尾花
喂饱了晌午。石质的牌楼
"甲科济美"四字摩擦力
打磨着一个叫大唐的时间

官　河

桥连着桥，被回澜离谱地谋划
船定制的月夜，却意外地
照亮了萧绍平原。道学的辩证
打开了陆门与水门。都连接
城的五脏六腑

枕边的潮声
是来自月亮的，时间之力的
崇拜者。残灯以梦为笔
把各色的庄稼，送给光的眼角
有一滴热泪，里面住着老父亲

如　是

在寺院，我关注一盆文竹
它时常会受到风的惊吓

它幸运地逃过了夏秋的
高温，不像那株兰花

抗议无效。因为热
我回到中巴上吹空调

寺院，我随意地进去
又随意地出来。我觉得
树叶里，也有很大的寺院
里面的梵呗，不是谁都能
听到。这里的大师说自己
像一艘船。如果他能住进
文竹的叶子里，那他就是
一艘船。一艘船说出的话
能帮你解密吗？你能被
点亮，说明你原来就是

一盏灯。可如果没有置身于
江湖，你要船干什么？

航　坞

让山都匍匐脚下的，只有神
我没有继续往上爬，就算我
到了山顶，也舔不到神的
脚指头。我在树荫下歇着
深刻领会，自我满足。这里
有风，像面巾纸擦着我的汗
这里，萧山同样尽收眼底
虚虚的，淡淡的。这可能是
神的餐桌。这里曾经是海
现在是一桌子海鲜。那些被
风吹着的都是调料。人世间
一旦成为眺望，皆是如此

红山的三个纬度

一次次咸味的冲锋，被烈日
锁定。滩涂越来越薄

那海滨的草棚，有一把拖刀
种草、种水稻、种棉花。让
粗糙的盐碱地活过来
油菜花瓣开成漂亮的牙齿

海卷了铺盖，斗笠的圆缩编
沙地。电厂是太阳的轻轨

它令谷神动容。田野、大海
都以象征的姿态溶解在时间里

党　湾

原来是不是叫凼湾
我想起了变脸
让旧事物萌发的水草

使得无数人都维系在
忠孝礼义，无论生与死
晒盐，晒出了十碗头

编草鞋，编出了生意经
被潮水纵深的疼痛与
期盼，那便是家的真相

电气，不仅仅是爱情

以空气为动力，由电驱动
可冷可热，可弱可强
看不见，摸不着，存在

五行皆可转换，接通
受想行识。所以我觉得
人的意念就是电。人
只要一动，便可称为
电气，比如：爱情
但爱情不是电气。工人们
绷着安全的弦，调着
生产的调。爱情也是这样
不然，太不着调了

人的一生，走过、路过
错过，也不仅仅是爱情

任伯年的画

仕女的轻盈秀美，听从
线条流畅的指引
湖石翠竹欠了明暗多少债？
飞禽走兽的从容是谜面
也是谜底。层次分明的
书卷气，嫁给了
情感酿出的美酒。你的
洒脱和随意都有一种
坚韧，那是来自
古老的、轻轻的一声咳嗽

访伯年故里（外二首）

◎胡加平

在航坞山下，读出隐藏在黑墙黛瓦
以及那些镂空木窗里的时光
在宣纸上流淌的山水中
那骑在驴背上的诗僧贾岛
穿行在树林中
为了一个诗眼而愁眉不展
只有庭院里的芭蕉上
麻雀在欢快地觅食
那些采莲女，在池塘里划着小船
纤纤玉手采着莲蓬
像拨弄着琵琶的淑女，贤惠、优雅
弹奏出生活的逍遥和快乐
也许，是现实生活的艰辛
让人间更加渴望神仙之境
于是，行云、流水、草木、屋宇
还有祝寿的各路大仙
顾盼生辉的群仙祝寿图
让人驻足，流连忘返

走进知章村

比如在这个秋天
太阳依旧火辣
我们一行人
沿着河边那些残存的足迹
以及灰白的墙面
和古老的天空
也许，盛唐的影子
悄悄抵达思乡桥
那个"少小离家老大回"的谢顶老人
一千二百多年前的幻象
笼罩着那条河流
拐个弯，流向湘湖的，那是思念
尽管昨日早已轮回
但我们明白
屋檐下的雨水不会回流
其实满脸好奇的村姑
与我们擦肩而过时
我们知道
大唐就这样被她带走了

白龙寺

走上航坞山顶
闻到白龙寺里的桂树

正在酝酿花期
石头香炉中，一排香烛
正在祈祷，也许
愿望的烟火
一直飘荡在白云间
而那条白龙隐隐约约
守护在人间
于是，几片白云，几缕阳光
和充足的信念聚集在此
期待，像白龙漱水一样终年不断
而围在白龙禅寺身边聆听的那些人
以及远方夕阳中的松海、竹林
像往常那样听风、听雨、听禅
这是他们的一种生活方式
熟悉和快乐

萧山，萧山（组诗）

◎胡理勇

跨湖桥：陶器

一群来自八千年前的客人。它们是
跨湖桥文化遗址的陶盘、陶碗、陶罐
歪嘴，偏唇，残缺，粗糙
那么不用心，恰恰让今人眼放光芒
应该请高明的心理学家分析它们
身体上的刺青，譬如甲壳虫似的太阳
是崇拜的太阳神呢
还是取暖的心爱之物
上白下黑，是否揭示昼夜现象
暗含对光明的渴望，对黑暗的鄙弃
排列有序的数字，是伏羲八卦的滥觞吗
如果是，只能说明
那时抽象思维的能力已足以让今人羞赧
如果是，一刀一刀地刻画

好像在说，我们已掌握自己的命运

跨湖桥：一支木桨

一支桨，像一个惊叹号，躺在
跨湖桥文化遗址的橱窗里
这是一支老了、旧了、惨遭变故的桨
在八千年的黑暗中，不敢腐烂
它在电闪雷鸣中，等待被发现
它是蒙昧年代派往现代的文化大使

这是一支刚刚远航归来的桨
把上还留有使用者的余温
全身灌满了使用者的力气
是主人甚至是全部落的心爱之物
用它驾着独木舟，捕鱼捉虾
或荡起双桨，带着家人，看海上日出

这支简单、粗糙的桨上，所有的包浆
都是人类的灵光。发明这支桨
也许已摸索了几百年、上千年
跟现在的高科技、物联网一样有难度
跟在月球上跨出的一小步具有同等意义
这支桨告诉我，人注定要成为人

跨湖桥：一只蛏子

在跨湖桥文化遗址，发现一只蛏子
夸张的造型，让我怀疑
现在的蛏子该不该叫蛏子
它死在八千年前
它的肉体，已转化为先民的能量
为人类的繁衍生息，它做出了巨大贡献
它的灵魂化成了文字符号
在陶器上，发现了数字卦
先民们在蛏子的偶数结构中，是否
发现了一生二，二生三，三生一万
是否发现了祸福吉凶的生命密码
这只蛏子，企图提供有力证明
这里曾经濒海，或曾经是海洋
先民们已学会站在独木舟上看陆地
陆地是一条船，甚至是一条鱼
这种视角的转换，直接导致空间革命
可是最后还是回到了陆地
为争做一方土地的主人，大肆杀伐
蛏子趴在橱窗里，回荡着大海的叹息

跨湖桥考古

从荒蛮到文明，中间如果有座桥
举步就能跨过去

参观跨湖桥文明遗址，灯光昏暗
我疑惑起来
普照大地的太阳，还是当时的太阳
照拂我们灵魂的月亮，还是当时的月亮

八千年，够远了

这就是我们一直在寻找的生命源头
应该还更远，精子和卵子发生的碰撞

站在那些天真烂漫的陶器前，哑然失笑
学会制作陶器
需要多大的灵光一闪

在独木舟前，我沉思良久
从木头的浮力中，找到载人的逻辑
在还没有铁器的年代，刳木为舟
与欧洲、美洲、非洲同时期的相比
我们的先民一点也不逊色
铸造了"自古以来……"的底气

八千年，或更早，走到现在。太难了

考察临浦镇

谁说临浦镇吃软饭，我就跟谁急
它让西施代言，怎么啦

苎萝山的养育之恩能忘吗
浣纱溪，至今还留有她浣纱的倩影
浴美施庙，纪念她沐浴熏香。可怜的人
一国之危系于一弱女子之身
妆亭犹在，她要过江入吴，知道重任在身
还有范蠡庙。老百姓都知道
他们爱情的点点滴滴。范蠡受苦了
居住在浦阳江边上，所以镇叫临浦
背山面水，负阴抱阳
临浦镇，天生就吃风水的饭
在我看来，临浦就是开在江边不败的花
浦阳江水流走了两千五百年
从不忘滋润的功能，且越战越强
我参观了装修考究的临浦城市馆
不忘记历史，意味着不存在对初心的背叛

莲花体育馆

钱塘江潮水兴冲冲地来看莲花
又带着混浊的心情退走了

以莲花造型，打造亚运体育馆
其中有什么隐喻
它们矗立江边，像佩着耀眼的胸花
让杭州一下子耐人寻味起来

在烈日的关照下，莲花花瓣散发着

银色的光辉，金色的香味
而到晚上，月亮穿行其间
引出一大片蛙声和虫鸣

佛陀喜欢在莲座上，普度众生
莲有清凉解毒功能
宋周敦颐《爱莲说》出后
人们对腐朽、堕落的不满，转而为
对"出淤泥而不染"品性的追捧

他作此说，并不是诬陷这社会
没任何可取之处
纯洁不是别人奖的，是自己维护的

欢　潭

欢潭，是乳房，是乳汁，是血液
让我看它的纯洁，尝它的甘甜
水深不过盈尺，不意味着不源远流长
七角的奇特造型，令人遐想
边上芳草茵茵，烈日炙烤而不蔫
马缨丹、山桃草、箭叶秋葵的花朵
热闹盛放，像谄媚逢迎
岳家军经此，以井水为香醪，举杯痛饮
好井，不忘家国情怀

欢潭村，欢潭，孰先孰后？

老一辈的欢潭村人说，欢潭是一口
智慧之潭。大司徒家庙的墙上挂满了
进士匾额，是为证
对远离家乡的年轻人来说
欢潭为他们提供了源源不断的思念

同行的大许说他要带上家人来住几晚
也让欢潭水滋润一下他沙化了的心田

渔浦渡

浙东唐诗之路上的一站。风很轻
吹不乱长长的思绪
太阳很猛，烤得鸟鸣都成了灰
刻有"渔浦"的石碑，吱吱地往外冒汗
我面朝宽阔的江面
这些流经大唐的江水，从上游
蜂拥而至，又蜂拥而去
从不顾惜诗人们的情怀
几条小船，不慌不忙，它们运载的
可是唐诗、宋词、元曲
江岸抛出去的钓鱼竿，一副姜太公
垂钓的样子——愿者上钩
我"啊""啊"叫了几声
要抒发跟太阳一样浓烈的感情
我想把李白、孟浩然、王维这些人的魂
叫回来。神灵附体，还怕写不出好诗？

在官河（外二首）

◎蒋静米

山多的地方寺多
水多的地方桥多
河流是记忆，连接任意朝代
直到超越光速的未来

在官河
打捞一卷南宋衣冠的孤本
红烛日夜不息
山色变幻，如梵文神秘

在官河
夹竹桃蘸水而开
浓淡相宜的脸
流传在市井烟火中

在官河
梦见生花的不只是妙笔

云在禅房借宿
神佛的彩带上都题有诗句

在官河
青苔是医术与书法的后代
晚霞照耀市民
如赠予一顶巍峨的长冠

红山遥想

盐场上，低飞的苍鹭掠过天空
散发出遥远的蔚蓝色
在江南繁华的背面
不允许人们书写秀丽的笔触

我们身上析出盐，白花花的
像覆盖着西伯利亚干燥的雪粒
我们去街道，去理发厅……
仍然带着钱塘江的烙印

潮水，有时带走家人
有时带走栖身的土地
苦难搜寻着每个寂寞的影子
在草棚中，我们等待晴天

每种人定胜天的奇迹
都有命运与定力的搏斗

从盐场到农场，从生产到生活
如同前世与今生的遥相呼应

我们互相嘱托
要留下一部干枯而丰腴的回忆录
干枯的是饥饿的艺术
丰腴的是百味杂陈的战争史

这些记忆将告知人们
青春的序曲消失在烟尘中
而一首工业之歌
低回，绵长，山的血脉在长成

山阴道上

绘画在你，原本不是文人习气，而是匠人手艺
因此观察屋顶猫打架，檐下人低头
一位生长于民间的画师
知道如何从屠夫身上找到钟馗的形象
人世间纷纷的虚影，如同水墨的淡淡笔画
即便是战火也未烧尽，山岩中绽放的水仙
匆匆的行旅，总是披风戴雨，总是哑口无言
如今萧疏境况，终有分袂之时
从宁波到苏州，是寻常亦无常的登楼赋
星聚萍散，时值人生的高速路口，我们分别
又登临。桥下流水和风中树叶一样萧瑟
你又如何望见未来的群仙祝寿图

河流究竟流向何方，画中人没有一个知晓
王子敬有言，山阴道上应接不暇，难以忘怀
你曾刻过一枚"山阴道上行者"的印章
你总是走在这条路上，从瓜沥到绍兴
沿途石头的形状奇异，玩味着柳暗花明的隐喻
何时，你常去春风得意楼，索画的客商络绎不绝
春风要消逝，唯有吹拂的山水永恒，你身后萧条
如同回到童年，任氏米铺中沉默的烛火和戥秤
在任伯年纪念馆，想起一段旧年的友谊
某个未知年代，梅花从仕女手中遽然跌落
我们回到了一生中的优游岁月
最大的事业即是寻访某座寂静无名的山峰

萧山三题

◎蒋立波

欢潭拾遗

难以想象，这用铁锤砸开的七角形水潭
何以给偶然路过的士兵带来一场狂欢
同样难以想象，数百年后这重构的历史镜面
何以从一种对镜的诗学中取回我们真实的脸
章回体的绣像小说，曾绘制我的童年
那众多惊艳的脸谱，并以狂热的鼓点赎回
高悬的明月和首级，八千里路，那么多尘土
尘土深处的功名，如今都被传说收缴
诗人灯灯的一副耳机，被潭水收缴，仿佛
这过于清澈的水面，尚有暗流需测听
尚有金戈铁马需回放，尚有国家的河山
与地图，需要在身体上刺青，一种被征用的
修辞，如关闭的兵器博物馆，只在门口
陈列出一半兵器，《说岳全传》里那些英雄的名字
我都忘了，像卷曲、生锈的利刃，执迷于

方志的某个破绽，或一座倾覆的宫殿
游客中心里折纸飞机的顽童，活脱脱像是
我少年时迷恋的小岳云，只是他的手上已没有
两柄八棱梅花锤，那被收缴的文学形象
烈日下枯焦的荷叶如一颗激烈的心
至今忧愤于恶的凯旋，淤泥糊成的金身

梦娜斯庄园地下酒窖探秘

一瓶一瓶挨挨挤挤抱在一起的葡萄酒
仍然冷得瑟瑟发抖，它们或许只有在诗人的
愁肠里才是热的。它们做梦都在想着
逃离这黑暗的地牢，这漫长而寂寞的刑期
就像逗留于语言恒温层的诗人，梦见
一截橡木塞子和一个金属启瓶器，拔河
而最终的胜利者，可能就是贪婪的酒鬼
一瓶1945年的木桐，刚刚在"二战"的枪炮声中
安顿好惊魂，仅仅打了个盹，就被我们
鲁莽的造访再次吵醒，或许我们该压低谈话声
像一队厌氧的幽灵，对失礼保持歉意
酿造就是对粮食的厌倦，对分析的厌倦
甚至对标签上一个年份的厌倦。酿造就是
诸神渴了，而酒瓶里最初的发酵尚未完成
方舟中走下的一只山羊，还没有准备
把我们引渡给一堆被雨水沤烂的野葡萄
我们还没有准备好，把自己破碎，破碎
像一杯祝福的酒，把自己斟满，递上

这赎回的火焰，还没有烧到一具宿醉的肉身
除非我能用一次细嗅，赊一回你酡颜里的革命

跨湖桥独木舟研究

导游提醒，我们已来到了六点五米深的水底
可是水在哪里？我只看到那条独木舟
孤独地，停泊在它最初的位置，再一次
它把自己作为一棵树，埋入湖底的淤泥深处
远远看去，这条船更像是一具沉睡的尸骸
在玻璃房里保持一种异乎寻常的安详
它不再变形，不再朽烂，不再需要承受激流
和旋涡，仿佛它已经习得永生的知识
它枯萎自己，顺从于一种向内的收缩
顺从于碳-14的测定和一圈圈年轮的校订
它甚至放弃了一个传说中虚幻的彼岸
茫茫水面过于辽阔，它的桨克服过力学的偏见
但苇叶编织的帆，不可能接纳巨浪的一次偏心
它应该记得，一枚锥钉刺入身体时锥心的痛
如同它没有忘记，一个与生俱来的树疤
一种因神秘而不可说的树胶不负责涂抹
发痒的真理，而只用于修补真理留下的破绽
而当我回过神来，才惊觉同行者都已离去
当我从湖底回到地面，水从我身上哗哗退去
我像一件重新挖出的文物，带着最初的一丝迷惘

过江东（组诗）

◎孔庆根

烈日下访知章村

诗人们带着热情而来
将太阳调整为垂直照射
压低身位，保持对前辈的尊重

村道空旷，如果柏油马路变成草狗
它的舌头已从思家桥探入河中
据说这座桥建于明朝
河水可来自唐朝？
它从长安延绵而来
一路风尘，白发疯长

诗人们议论着桥，终究这算个文物
对于现代民居不着一字
做回村民的感叹也没发

估计水分已在炙烤中严重流失

他们找到了一座空空的老房子
以为是贺知章的故居
原来其建于明清
他们钻进了育有苗木的田地
表达了对高温天苗木生死的关心

他们本想跟贺老交流诗文
加个微信，套个近乎
但一路没遇上

至少该在河边种几棵柳树吧
如果造学校费钱
不知贺老是否吃到了家乡"十大碗"
是否带来了甜蜜的糖果

登航坞山

有人戏谑：我们是在地表六十二摄氏度的正午登"疯"
当然，我们没有疯
山顶也没来风
仿佛叙述历史只需要平静

山不高，成名早
它曾目睹勾践练兵
此人腹黑，但属于大佬

它曾见证一场抗击倭寇的胜利
它呀，千百年来就是钱塘江的航标
是江上人心安之所

它笃定地立着
像鱼圆和肉圆一样圆润
江水早已改了航线
四面望，高楼、道路、车水马龙
围垦的成果像此地十大碗

佳肴诱人，大伙却在猛烈灌水
补充失去的水分

红山，红山

姑娘巧手安装着电器插座
一开一关，跨越两极
进入车间，我还在狐疑
种庄稼的手会顺应？
为何是电器？而不是萝卜干、大头菜、稻米与化肥
三十年前无边的庄稼都去了哪里？
女工们的娴熟与专注回答了我

这大概是弄潮儿精神吧
从潮水口中抢食，与江水要地
从晒盐到种地
从农业转工业

钱塘江流到哪里，精卫就在哪里

在纪念馆，讲解员注释了红山
这是红色的江山，位于咱们萧山
多有气势，瞬时把锄地挑担的老照片
染上了金色光芒

吃饱了，中气就足
飞，可以试试

对一个水瓶的断舍离

返还前，一个水瓶让我犹豫再三
多好的矿泉水瓶，细长精致
三百五十毫升的容量，恰好
印有七彩未来社区字样的标识
会让人想着夏日的一次造访

车站改造的多层建筑
看场电影，不用支付停车费
公立医院和民营医院各占一边
不由想起一对组合和一首歌
若是即兴手舞足蹈
若是汗未沾衣

想象让行走变得不同
场景将示意图——复原

多么惬意的图书馆
多么方便的办事中心

居民出入，鱼儿般宁静
无视外人的羡慕与惊叹
据说参观访问不断
来学习设计、规划、布局和运行
总想着复制粘贴落地开花

而我将瓶儿一路握着
在瓜沥走马观花
怕心动止于返乡
怕熟悉的生活模糊了这一刻的图景

过江东

过了江，格局依旧
胜负已判，别看旗号林立
酒过几巡，别算瓶子颓倒
谁能预测高温天数，江水已干
速度，时间，距离，而总量已变

夹竹桃开在两岸，它的花
你不要去嗅，微毒
你不要想着水会长流
四季像爱恨一样分明
虞姬，往往不知所终

你可以借风，满帆
草人插上羽箭，衣襟飘起
如果妇人上了战场
小乔在哪个舱位
充足电，沙滩边等不来开战

直播流产，其实你想着渡江
踏上他乡的土地
便是失败
啊，局部的战况
事实惨烈，播报复杂

而核准，需要年岁
需要各方协调与承认

过江，我像猫　样
踟蹰：数回合四面楚歌

萧山行（组诗）

◎李郁葱

在游泳馆中

是的，等待一声哨音
这水便能激动起来，它破碎
而后又愈合：像是某种秘密的伤口
我曾经放弃了的生活
如今却带给我一种遐想

它是宁静的，在此时
浑然一体的蔚蓝，温柔如虎，咆哮如虎
而它的张弛在我们的眺望中
一种加速的生活
那些赞叹和遗憾，在足够快的速度里

可以是箭，可以如花一样地绽放
这竞技的时间，压缩着身体里的虚无
赋予他们一块踏实的礁石
让那些汗点燃这镜面

从现在的平静中看到沸腾岁月

跨湖桥：一块孩子头骨的坚硬

玻璃橱窗之后，灯光中的一块头骨
让人心碎：那么小，那么无助
已经躺了八千年，但看不出时间的包浆

证据来自一次意外，它表明了人类的踪迹
从哪里来？到哪里去？又去了哪里？
独木舟让人扬帆，寄余生于波涛

挖掘出那些工具和稻种的遗址
生活的灰烬，保持了漫长岁月里的余温
从湖的东边走向西岸，它是桥？

一小块的头骨，简单的葬礼
肯定有人痛哭流涕，有人哀恸忧伤
有人在土罐上画下小小的太阳

活着才能感受这伤感和炽热
从这头骨中倒映着恍惚的人影
我们来到这里，揣测以及看见

那是被时间遗漏的片刻
它向着深处陡峭，这样的周而复始中
我们一直生活到了今天，并改变

渔浦渡：唐诗之路

此处开阔，像是吟诵出了诗词里的鸥鹭
它们成群翩跹在江面上，追逐着
水影里的自己。俯冲、下潜，而后掠起
平静如镜的江面，瞬间有些松动

如果我们每个人都能随意指点
夏季的渡口，那些面容清瘦或者雍容的人
他们多数来自北方，姿态从容
羡慕着渔夫或者樵夫，哪怕是耕地的农民

都能激起他们内心的波澜：这天地
辽阔，蜉蝣啊！我那么有限的人生
这何尝不是一次选择：我从左手的大江
逶迤而来，是南去，还是北往？

等着我的是怎样的一片天地，忘机？
浑然于这云彩的变幻，我们能够
从混浊的水面上辨认出自己
把他打捞上来，成为一种滋养？

当这些水流从远处而来，到这里
交汇，它们彼此替代、彼此混杂
那些鱼，那些沙粒，那些从远处带来的
声音：花在开，鱼在游，鸟在寻觅

萧山十四行（组诗）

◎卢建平

偶书——在萧山知章村

只有思家桥上的古石板，知道
蜀山伸过来的文字有多柔软
无论问哪一声正午的犬吠
都可以找到熟悉而客气的乡音

穿过太阳的箭镞
田野上空旷风水，有
"甲科济美"之荣光与念想
所谓牌坊，只是一个朝代留在
时空坚壁中的固执与方整

我们饭后的谈资
分辨蜀字与独字的区别与趋同
蜀山早已仄押大唐韵脚
以红叶石楠或者金叶女贞的懿秀和端庄
览亭眺远。回归经典

怎样给七彩上色——写于萧山瓜沥七彩社区

停车场、医院、商场、百姓书房……
何止七彩。不断高热的炎阳
在"中心"与"主题"的七原色中褪去官僚威仪

七彩，并非谁不小心遗漏的潮水
不是潮水，胜似潮水

乡村文体中心，以贵族舟船的风度上涨
隔着玻璃，让惊奇为花边镂金
圆形，或者方形
399步，那只是故事的开端而非结局
浩大且精巧，成就瓜沥所有吃瓜群众的梦想

沿着新城市主义的TOD
你愿意拿多少种颜色
给太阳上色？与太阳一起上色的
一律有着火的热情与恒远

且慢——在萧山天乐寺品茶

高抬贵足。不读尘外桑田沧海
休管心中青山白云
静寂从槛上"起敬"开始
道由此入，法由心生

如洲师父语清笑暖
于长茶几上排开六字箴言：
自主，自宾，自仆
眼中有傍山福田，泉自幽间流淌

一片茶叶，就是一句偈语
小沙弥殷勤添水
禅房如一把不慌不忙的茶壶
喧嚣终将隐去，每一盅宁谧
都被更加宁谧的嘴唇点化
每一次顿悟均在眉目舒展间遇见自己

萧山诗韵——观江寺文化展

河水依旧。落红背影已远
你我都曾是辞别枝头的句子
循水而东，吟哦者花锄正在一个朝代考古
自西兴，入曹娥
波光粼粼的渔浦，梦笔
木屐轻踏茅店月色，板桥晨霜

萧然东眺，北干松风
越王与秦皇手中的纤绳被一条堤岸抖直
日出航坞兮，自在自观
华章光耀软，如来如见

莲花碗现，遍洒璀璨光色风姿
万国聚笔，浪花集结奔跑共同体

以白龙为首，数十古寺放下沉静向海而去
惠济卧波，众多古桥在期冀中被文字洗净

西北风磨砺出两块石头——写给党湾围垦的人们

怎样解释围垦，用灵魂
还是语言？用拥抱潮水的臂弯
还是驱赶浪花的牧鞭
当我站在一张暗红色的廿四勾八仙桌前
改道的暴虐正驯服在水稻与瓜果的脚边

记忆是隐退于玻璃之下的榔头与凿子
麻袋、畚箕之中的严寒酷暑从一种精神缝隙中
渗漏而出。风在朗诵皱纹的咸涩
冰，爱抚过粗粝的泥泞
勒住塌方和溃堤的不是披星
也不是戴月，而是那些石头一样垒在一起的
祖孙三代

芸芸众石中，西北风在他们身上
磨出了名叫"勤诚"的光芒

欢潭村

◎卢艳艳

1

池塘里的荷花、红秋葵、蒲苇
在正午，没有因为太过凶猛的阳光
而低下头颅

它们仰脸，在风中招手
和这里所有被记录的事物一起
迎接掠过的白云、鸟儿，以及天空的倒影

2

小村干净、安宁，看不见的尘土
大部分已经落定
小部分漂浮在水面，人们的视线里
不断闪退的脸庞

今天，我拨开时间的硝烟
与曾经驻扎在欢潭村外的勇士们
隔空会师
更是一个不请自来的闯入者

3

到了之后，才发觉我贫乏的词汇
不能完整记录
超出想象的画面

感官之外的世界太干涸了
需要一场雨，或者一次反向思维的浇灌

4

试图效仿一株植物
在太阳下成为火焰，月光下成为容器
风雨中成为伞

而这些恰恰是
我根植于城市一隅开始
就弃之如敝屣的那部分

在此刻，与正午的欢潭村合影时
慢慢回到我炙热的躯壳

5

聚焦于一个村庄，从抽象到具体
再从具体到抽象，那永无止境的
时间镜面上，反射的阳光如此灼热
而水是清凉的
回看之路无尽头，而我正行走其中

人们在这里一次次留下踪迹
却不是同一个人
我存在时，一场阵痛已经消失
另一场刚刚开始

6

一张画布经由多人描绘
无法确定，谁是最后定稿之人

它看上去写实，其实灵光闪现
看上去，它由无数的个体
拼接而成，其实缺一不可

感知力沿着年代传递而下
一路激流形成旋涡
让不同的方向、流速、温度
形成合力

7

回声有时淹没，有时灌溉
船只有的漂浮，有的停泊

许多大雁已经归来。当它们
又一次离开时，依然渴望被泥土命名

在欢潭村，姓氏是一种荣誉
给予生存之地的空间
也催促生命舒展

血脉自一个地方迁移到另一个地方
从一段不为人知的往事里
突围而出的人，在这个八月
依然保存着一簇永不散落的荣光

8

蓝天高悬，光线明亮
白云稀薄却并不散漫

我像一只因翻晒，而乌黑发亮的莲蓬
为收回蒸发一空的激情
将双手放入一潭碧水之中

萧山元素（组诗）

◎鲁永筑

航坞山，昙云百尺

航坞山，与其说是一座山
还不如说是一座灯塔
一座——永不沉沦
亘古不灭的灯塔

从独木舟到桨船
从帆船到游轮
航坞山
是水手心中的慈航

航坞山，昙云百尺
白龙寺，佛光千丈
滩涂由近及远
城池由小及大

一年又一年
那些匍匐于地的子民
逐渐抽去了贫穷的肋骨
昂起了自信的头颅

七彩社区

色彩的魔力在于
变社区为彩虹
平凡的生活
已提炼为乐章

亚运馆，在咫尺
把百姓的目光拉远
大大的圆，圈住了亚洲魂
小小的方，勾勒出健儿力

没有硝烟的刀光剑影
以及跆拳道、卡巴迪竞技
在萧山，在瓜沥
或成巅峰对决

已经看到，五星红旗
正染红萧山的风
可以预见，多国徽帜
将扮靓瓜沥的云

墨　魂

当一滴墨与一碗水相遇
花和鸟，人与物
纷纷跃于纸上

当一滴血与萧山相遇
钱塘江南岸
多了一枚印记

诗化的墨色
在未来的岁月中持续渲染
而先生的木屐
却绝响于光绪二十一年

后山上，不知名的墓碑
层层叠叠。而纪念馆前
那条龙，嶙峋着骨架
已虚无了肉身

陈列馆中的簸箕

一只簸箕
影射着千万担簸箕
还原出
千万双手和脚板

盐碱滩涂上艰难的身影
一张旧照
呈现着当年影像
渲染出
一帧帧围垦人披星戴月
驱赶潮头的镜头

他们一锄头挖下去
就掘出了传说中的精卫
宕工化身为鸟
从山中衔来石头和草木
使地面高出海面

地域面积四分之一
耕地面积二分之一
围垦面积五十万亩
这组惊天的数据
由"奔竞不息，勇立潮头"的
萧山人垒成

一只簸箕，定格了一段历史
一段历史，铸就了一座丰碑
一座丰碑，提炼了一种精神
一种精神，激励了一方热土

那山
已经不是萧然之山

那海

已经成为投资之海

天乐寺——兼致释如洲法师

两树梅华一钵水

四时烟雨半山云

高耸的院墙

区分着仙凡

入三摩地

黑松一路相随

上天乐阶

弥勒笑脸相迎

一屋子书

阐述着不二法门

一盏香茗

连缀着普罗大众

半开半闭的门

迎送将信将疑的人

不嗔不痴的心

撼动不明不白的魂

谒葛云飞墓

石板筑的阶
石板铺的地
石板营的墓
你是一块来自清末的石头
长眠在石板山中

石板上篆刻的碑文
有壮节二字
石板上雕塑的瑞兽
乃威武之狮

也许，你是传说中
补天剩余的石头
在石板山下诞生
在石崖战中死去

浩气长存
在石牌坊上昭示
忠荩可风
在石云头里永恒

早安，湘湖（外二首）

◎吕 煊

草丛里飞起的白鹭，是赶脚里的欢迎辞
蝉声从上往下，覆盖了整个湖面
水波里，隐藏不动的是鸟鸣
斑鸠低沉地呐喊"别急，别急"
贴着水面飞翔的，都是捕食的勇者
我和友人，徜徉在岸边的柳树下
草木的气息，冲淡烈日灼心的余热
一段简短的荫凉
在湘湖浩荡的烟波里，可以忽略
一些史上叫得出名字的人物
在湖边小榭、长廊、驿站和茅草屋
有饮酒、有作诗，也有歌、有舞
越王勾践，卧薪图志
说的就是这些湖水边的风流
昔日的励志散发着蓬勃的古意
树木葱葱，湖水清澈
游人如信步闲庭

人间的天堂，若摘下新冠的白色眼
澄明的天空，倒映七彩的湖光
湘湖，是一个活着的静静的湖

渔浦渡

渡口，叫渔浦渡的很多
在唐诗宋词里，留传下来的也很多
唯有钱塘江的渔浦渡，是盛产晚霞的
青石板上的鱼香味，还没有随湖水散去
艄公的低声吆喝，也是独具特色的穿透
萧山的土话，我们不全懂
但那韵味，我们是可以意会的

开阔的江面，在霞光里忽隐忽现
踏歌而来的修长的白衫
会在船头矗立吗
我焦渴的等待，是李白手执纸扇轻摇
还是杜甫弯腰从船舱里疲惫跨出
船尾的炊烟洗去杜甫暮年的沧桑
那一首《渔舟唱晚》
弹的是词牌里的阳关曲

我在流水的边缘，奋力将它捞起
从岸边传来
张梦丹弹奏的名为《酒狂》的古琴曲
月亮从江上升起，渔浦渡晃动起来

跟着白鹭穿过闷热的岳园

欢潭的溪水没有在盛夏沸腾
它保持原有的清心寡欢
没有查证岳飞领兵饮下泉水
是在冬季还是春天
解渴是欢喜的，也是受大众爱戴的
七星潭的泉水冰凉和甘冽
我们无须俯身，日子就从泉水边流远
壬寅年的秋天
烈日高悬有如柴火焚烧
没有储备水源的荒野
日子过得有些捉襟见肘
土地裸露出少有的汗白

我陪小波兄，在阴凉的岳园门槛上稍坐
谈论岳飞与他的历史
岳飞的石像就在身后，威武、静默
突然，一只白鹭从我们的头顶缓慢飞过
振翅收腿，让我目睹了它飞翔的娴熟和安详
我跟着白鹭穿过闷热的岳园

萧山行（组诗）

◎乔国永

围　垦

五十多万亩的围垦奇迹
华灯般激励着深陷泥沼的人们
他们在未名黑地孱弱地围堵和改造
能否因此散射出微茫呢

我的奶奶和姥爷曾试图围堵
远赴他乡的子女掘开的孤苦的泥流
他们蹒跚的千里之行堵住了心上的缺口
却没争取到改良的时间
一个带着哭瞎的眼睛葬在故土
一个佝偻着脊背客死异乡

父亲母亲的大半生都用来
围堵背离故土的愧疚

一摞汇款收据、一通通昂贵的长途电话
一次次泪盈眼眶的祷告
他们艰难地围起一小片咸涩的滩涂
然后用乡音刻录下的乡土细节慢慢调养
最终，他们被葬在那片滩涂旁
静待赦令

钱塘江畔那片浩大的围地
请你用圣音宣告
都起身吧，身怀悲疚和良善的子民！

瓜沥镇

原来你是这样得名的
熟透的西瓜咧开了嘴
是怎样的前缘续就这清香红火的宿命

我的原生活地在贺兰山脚
刚搬去时，它叫农业生产指挥部
简称农指。据说，之前它的名字叫永红村
源于20世纪60年代的口号风潮
适宜西北种植的粮食、瓜果和林木
为它烙上了深刻的农业属性
这让我深深眷恋着，却又羞于向外人提及
后来，这里改名为农林处
它生就的农业身份披上了行政外衣
这稍稍缓解了我莫名的卑微感

90年代初，在沸腾的市场鼓动下
一座铁合金冶炼厂应运而生
随后，这里就更名为长城冶炼厂
一副工业铠甲暂时罩住了虚弱的肉身
但不久，它的虚名就被市场的洪流吞噬
它的名字被迫开始后退
一步步退到我们初见时的称谓
如今，人口外流的软鞭缠在脖颈上
它的名字等着空寂的勾抹

而瓜沥，这土地里长出的名字
用专情和虔心劝慰着我那随风飘摇的故地
瓜沥，矫正了歪斜的命名史

红山农场

茅草棚、"小黄低"、蓬头垢面的盐农
滩涂里的涅槃锻造出金色的名片
一场奇异的转变
回馈了雄心，安慰着先人
也悄悄掘开我心田里黄泥堆砌的土坝
释放出淤积经年的潜流

曾经的家园围着四家农场
它们共同的职能是安置职工随行家属
同时保障粮食、水果、蔬菜的供给
它们像四个不同的国度

有辽远的疆域、独特的物产和诱人的传奇
经济落后的年代，它们平均分配着时间、资源
艰辛和愉悦。它们又像是四位母亲
费心养育了几代贴地而行的子孙
如今只剩下镂空的骨架
静默在快车驶过的荒野，等待坐化

红山农场已被定义为传奇
你蓬勃四射的余晖
能否在掠过旷野时，解开锦囊
为我衰竭的圣地施下重生的魔力

从跨湖桥到义桥（组诗）

◎沈秋伟

日行八千年

跟着诗人们去采风
这一日很长
从跨湖桥到义桥
再到亚运会指挥调度中心
一走就走了八千年

我乘跨湖桥的独木舟
观湘湖水岸的旖旎万态
后羿，在练习射日之功
女娲，在团土凿石补天
神农，在阳光下播撒希望
我向他们一一致敬
然后微笑告别

我乘快船驶过浦阳江
在渔浦遇到了许多熟人
看，谢灵运"宵济渔浦潭"
孟浩然赞叹"渔浦江山天下稀"
苏东坡吟唱"渔浦山头日未欹"
唯有陆放翁有些伤感
正"秋山断处望渔浦"
我向他们一一致敬
然后微笑告别

我再乘地铁抵达国博中心
用手抚摸峰会的座椅
二十国集团领导人残留的体温
以及他们绕梁的余音
刮起了世界的季风
带着地球在宇宙里翱翔
我向他们一一致敬
然后微笑告别

顺便到亚运会的场馆转转
各国的朋友，你们好吗
原本约好2022年在这里见面
但地球出了些小小故障
要到星球维修中心整修一年
我就在调度中心为你们做些准备
构思一个春天的美好
再酝酿一个夏天的热情

向你们一一致敬
然后和你们紧紧拥抱

义桥行

每一个汉字都是一面镜子
譬如，面对繁体的"義"字
我常常能照见自身的污垢
听到内心的杂音
发誓要衣着得体，内心光亮
让自己更美一些

即便简化的"义"字
仍然警醒着我，人之为人
需伸出双手去捧住良心
对父母应奉孝义
对国家须行忠义
对朋友当讲义气

到义桥走上一走
照着水面自省自检
化身鸥鹭，飞过尘世
从此欲与白云为伍
躬耕板结的天空
写蓝天一样纯洁的诗句

渔浦歌

渔舟唱晚，霞云流彩
渔浦是歌唱的舞台
来过这里的仙人
谁家没有一副动人的歌喉
譬如日暮独愁绪的孟浩然
会须一饮三百杯的李白

渔舟唱晚，霞光盈怀
渔浦是戏曲的舞台
走过路过的河流
都要在这里舞动着身姿
富春、浦阳和钱塘
争相闪耀着银河般的光环

渔舟唱晚，霞照如来
渔浦是心灵的舞台
天南海北的诗人
谁愿错过这诗国的舞会
化身为鱼，与涛声做伴
化身为鸟，舞出飞翔的姿态

钱江世纪城导游词

来吧，众位客官

来看一看这里的游泳馆
里面装着萧山人的胆与魄
在国博中心，你还能听到
钱塘江近距离的心跳
杭州之门也已敞开肺腑
登顶双塔去读一读天空的秘密吧

如果你是个怀旧之人
那就到综合训练馆
和良渚的玉琮来一场心与心的对话
聊一聊对印象城的印象
如果你心怀田野
那就请到博地中心一游
让这株三叶草惊艳你审美的历程

我家就住在世纪城的裙边
这梦幻的世界让人迷恋
但这些都已超出我经验的范围
需要借你的如椽之笔
来这里写一写新世纪的神话
写一写萧山人基因里的围垦精神
以及这种精神与国运的深刻关联

萧山亚运场馆及其他（组诗）

◎孙昌建

写在游泳馆

我更愿意换一个词
把馆换成池或塘，河或者江
也不要上面的盖头了
我就像一条鱼儿一样
游在了我江河的故乡

我可以跟白云一起游
我和风一起游
我看到了浪也在游
这些浪是手掌，它们一鼓掌
海水就涌向了天边

我想我的前世应该是一条鱼
因为干涸，最后直立行走

来生我还想回到江河里
而那么多的网和网格
仅仅是这个夏天
最为柔软的一段记忆

写在游泳馆之二：新庄生梦蝶

是我变成了蝶还是蝶变成了我
一群新庄生
来到了一只蝶前，2022之夏天

蝶飞走了吗？或是蝶本没有飞
正如在另一个故事里
借由性别的掩饰
两只蝶在读书期间
就想在书院上空学习航拍

飞就飞吧，梦就梦了
明年另一群蝶就要飞来
这是一个梦吗？
如果庄生来到今天的萧山
是不是该叫萧然梦蝶？

写在临浦篮球馆

每个男人都有一个扣篮的梦
甚至就是原地起跳

不带助跑的，直接就扣
直接对女生说：我爱你

防守是如此严密
永远都在自言自语
如何突破防线呢
在哨声响起之前

终场的哨声还是吹响了
它尖锐而又刺激
我依然紧紧抱着篮球
依然会对你说：我爱你

就像风对云说
就像云对雨说
就像我对临浦说
就像临浦对篮球说

另一条赛道

如果穿的不是皮鞋
那天我一定要跑上一跑

更多的时候有更多的借口
空空的体育场找不到特写镜头

这个时候云和风的追逐

跟我又有什么关系呢

我已经失去了叙述的耐心
常常，我是直奔终点的

就像写诗，在一条赛道里
我一直在跑，却没有看到风景

渔 浦

以前是要过了江再写诗的
现在江边站一站
水漂也不打了
把几个词捏在手里
一天就过去了

一到了晚上
也有好多人渡不过去
因为没有船了
因为风浪大起来了
再加上没有明灯
所以诗人都去吃夜宵了

喝多了要说疯话
吃多了要发胖
三观不合又要吵架生气
所以有一块石头的存在

石头上有渔浦两个字
微信上一晒，写和不写
真的已经不重要了

在临浦，人们又谈起西施

在临浦，人们又谈起西施
就像复习一道地理或历史题
早就考过了，那时没这么热
总是似懂非懂，现在恍然大悟
总是人云亦云，最后也不见了那朵云
高温四十一摄氏度之下，西施
像一杯冰镇酸梅汤

想起昨天在跨湖桥
看见了一只蛏子的标本
在传说中，蛏子也叫西施舌
在传说中，人人都是吴王和越王
在传说中，你懂的
在现实中，三十年前我来过临浦
为一个学生的复读问题
这个事情跟西施有没有关系呢
我很想去问问范蠡
范蠡却问我：如果西施戴上了口罩
你还会爱她吗

在临浦，寻蔡东藩而不遇

很想模仿古人的想法
荒村古道，西风瘦马
马致远如果没有二维码
也走不到诗歌中的天涯
蔡老师亦是，沪杭线是通了
他可能走的是水路
在嘎吱嘎吱的船里
又写了一个朝代的故事

而真到上海码头时
一个朝代已经灭亡了
烈日之下，思忖再三
还是不去蔡东藩故居了吧
因为在小说中，我已经去过了
口袋里还准备了仁丹和克痢痧
因为在诗歌里，不遇比遇要好
真的遇上了，你还能怎么样呢

独木舟（组诗）

◎涂国文

羽：独木舟

它安静地泊在遗址上，像一根巨大的羽毛
从跨湖桥文化这只中华文明的凤凰身上
飘落的一根羽毛
它华彩的肉身
一定还在史前一场瑰丽的曙光中翱翔
在一道飘带般舞动的弧线下
一群手持骨耜与石锛的先人
从黑魆魆的地平线上站起
在我目光温热的注视下，它蠕动了起来
挣脱考古学的灰坑和洛阳铲的叩击
从八千年前的大陆架皱褶中滑出
向着大海浮去
像一根绣花针，拽着波浪的长线
将一片太阳的图案，缝在大海的胸襟上

又如一条风波中出没的鱼
带领月亮与星辰在浪涛间穿行
忽然，它又重新变回一根羽毛
被灼热的夏风缓缓托起
升上21世纪的天空
像一枚闪光的银饰，照亮了大地的黑暗

苎萝山

西子：一个叫西施的女子
在这里，请允许我故意将"子"曲解为
具有与老子孔子孟子朱子诸"子"相同的词性
一个可以秒杀天下无数男人的词语
这个从苎萝山走出的柔弱女子
这个血管中流淌着
与粉红石同样质地与颜色的血液的女子
她从浣纱溪旁站起身来
紧跟着，浣纱溪和苎萝湖也一起站起身来
她行走着：这段直立的娟秀的越水行走着
向着吴地的馆娃宫娉婷而去
以手中所浣的一匹轻纱
缢死了一个傲慢的王朝
完美演绎了一个以柔克刚的人间传奇
然后，像一只秋蝉
留下西施里、苎萝亭、西施庙、西施亭
后江庙、美施桥、浴美施庙、浴美施闸
和妆亭

这些带露的蝉蜕
转身遁入历史的秋风中……

欢潭岳园

绿色与金色的组合：绿色是绿树青山
碧水荷塘
金色是岳武穆精神，"忠义常昭"
一口七角形清潭，一个仰天的七角形莲座
供奉着蓝天白云和欢潭人民心中的佛
清澈的镜子，照见过九百八十年前
行军经此啜饮甘泉的岳武穆沧桑的面容
以及从石桥上逶迤飘过的岳家军旌旗
它又像一个异形太极图
调和着欢潭这块土地的古今与阴阳
没有贞节牌坊的桎梏
有的只是贤义书屋的琅琅书声
有的只是"状元""举人"的匾额
高悬在耕读传家的祖训里
一幅清光绪年间的《欢潭村境图》
这以古为鉴的蓝图
挂在欢潭未来规划师们的心中
预示欢潭将以一种现代乡村的形象
回归山水初心
回到古老的乡村物候和田园牧歌中……

黑光陶衣

八千年前的文明还很稀薄：缺氧
所以你裹上了一袭黑衣

作为一种盛装物品的器皿
你无疑属坤，与大地同一个性别，就像母亲

你诞生于一个更大的子宫：窑
太阳炽热的精血孕育了你

在一个萤光、星光与月光相伴的黑夜
你诞下更多子女：稻、黍、稷、麦、菽

流动的还原焰凝固在环形壁上，像凤凰涅槃
像你产后凝固的鲜血

你扯下黑夜一角，做成爱的襁褓
护卫幼年的华夏文明

你的皮肤那般黝黑，却黑出了一种光亮
如黑暗中涌动着的江河

你一定见过伏羲、神农、燧人氏和有巢氏
见过天底下第一场野火、森林中第一支鸣镝

你这个只有姓没有名的女子
像极了封建时代中国广大妇女的命运

你是我们共同的老祖母啊
你有一个来自泥土的名字：陶

亚运"莲花碗"

我把它们视作两株碗莲
一大一小，绽放在杭州大地上

我从它们铁骨柔情的花瓣上
看见一匹匹丝绸在飘舞

听见西湖在月光中荡漾
钱塘江在风中轻吻堤岸

内刚外柔，向世界宣示一种国家形象
以花的姿态，拒绝战争与严冬

固定花瓣与开闭花瓣参差交错
东方哲学在这儿得到完美体现

纯洁的白莲花，是亚洲四十八个国家
与地区捧出的皎皎心花

喧嚣的声光电，是亚洲人民血管中
呼啸的体育精神与血液

旁边的"亚运三馆"展开美丽的蝶翅
完成了一幅"蝶恋花"的当代中国画

从太平洋裁来的一片碧波中
浪里白条溅起满池的白色浪花

亚运村是亚洲最大的一个村
村民操着五花八门的乡音……

看见天空，缓慢地离去（外二首）

◎许春波

黑暗的痕迹暴露在光线下
消失是其中一个结果
而过去和现在的连接处，一片空白
用叹息黏合，闭上眼睛进行反思
不加任何掩饰，天空
开始缓慢地离去，余下的光
开始不朽

穿越走入渔浦，感谢一切不需要修改
足够的呼吸，继续支撑一项宏伟的事业
筑长城，筑诗歌的长城
或者开凿湘湖眼里的江水，把酒临风
这看似简单，缔结的契约
铺在渐进的舟桨之巅，不能轻碰
更不能浸湿

打量天空，用不同角度进行整理

一定的周期，搁置着一定的艰难
能掌控的一角，根本没有出现
你笑着递过来一杯温过的历史，旁观者
开始沉默
苍蓝的天空，正缓慢地离去

游泳之馆

更远的台子上，矗立着跳动的眼皮
自然之力，潜伏因果的池水里

无谓的事情边缘，我们多谋足智
重大时刻，采集不到一丝简洁的光

纯粹的，可以窥见的姿势
被水面的波纹修补，成为别的结论

每个微末细节，可躲开放大镜的指认
堆积起来，建华丽的分数

这是可靠手段，炎热的部分
熔化铸铁，铸成百姓出游的样子

解剖跳台的内外，精确描绘
透视的手，被跳动的天空一次次击打

剩余的时间，被用来询问

如同西方的，神秘的微笑

褶皱的衣袖，落满无须抖落的水滴
你说的地平线，高低不平

至此，难以理解
眼皮跳动，是平凡的水纹

朝圣时刻

说好的温度，已经急剧下降
在未落的叶子旁挥手，猜想出别的结局
所有的山，温柔地折叠在手掌之间
陈旧的山路，被鸟鸣成两段
你计划用合十的光，一段一段接起来
先人微微点头，露出赞许

几乎已经忘了，这次朝圣的目的
总之是偶然
巨大的空白面前，处处都是中心
最初的宁静，移植自仿佛庄严的一刻
万物肃穆，抚慰着一颗颗不安的愿望
冰凉的朔风之下，力求优雅
其实相同的情况很多，庙宇巍峨

而我适合于提着一壶酒
放牧，或者干点别的

远处的山渗进我大小不一的足印
盘踞在你的掌心，回声悠长
每一句箴言
烧成灰白的残烬，便露出开会前的微笑
日子如此
偶有的朝圣，被提醒到
近似于圆满

欢　潭（外三首）

◎许春夏

我在欢潭待了一天
晨起用潭水照照脸庞
午后用水泡一壶茶汤
离开时，痴痴地
再坐上一会儿

多么幸运啊
作为清澈的一部分
我像水，又能是水

我观照到了内心
可以是雀，可以是石栏
更可以是《满江红》的词
在一个明亮的低处
善待世上的亘古不竭

多少明确啊

我自己看着自己
转了一回

莲　花

除去高楼、摩天电梯
和楼中花园，我看见的
是高天养出的两朵莲花

除去奔竞大道和动车
站在花瓣之间，博奥路
一根肋骨煎熟了我

赤日炎炎，奔跑之心
就是一股气流
莲花的雪白，像两粒
我可以依赖的尘埃

我吞咽自己的野心
在十米跳台空坠几个身位

渔浦的语境

嗨，渔浦
我与浦阳江打招呼时
眼里跃入的河流
只是一部分

这是酷暑啊，哪会有
"潮平江宽""江水滔滔"
如渔浦隐进诗林的葱茏
如我以另一种方式抵达

一路上我看见
陷落的低部有人在汲水
扬起的每一勺，又都有
正在腾起的高架音符
比拟进入了深谋远虑的完美

这样唤起的灵魂会合
让溪畔的那块桃色石碑
开始暗示春暖花开

汲　水

看见一些新的
总要歌颂旧的
如这个酷暑
我记住一个现实
阴沟里，还有人在汲水

这混沌的水
再次救活了庄稼
但这还是最凉爽的一天

如一个苦难
还要重复，还要我们
深掏内心，冰镇自己

那些低着头的稻谷
不是在向我们告别
它们只是用旧的法子
看荒诞的今日

聆听瓜沥（外二首）

◎许志华

在一个火热的夏日午后聆听瓜沥

聆听从喇叭湾口来的浪潮的节拍

聆听从稻子根部传来的一方盐田的呼喊

聆听萧山萝卜干的咸脆

聆听萧山大种鸡的晨啼

聆听从节日的泉眼中流出的抛梁歌、迎亲的喇叭

聆听王爬山上传来的梵呗

聆听装上卡车的西瓜在绿皮下播放的卡伦·卡朋特、摇滚

和嘻哈

聆听一个旧村庄向一个未来社区的完美蝶变

聆听，航空港上空银鹰的呼啸

聆听，静谧的亚运馆即将掀起一场武术与卡巴迪的旋风

与命运摔跤的瓜沥男人

将生活挑绣成花边的瓜沥女人

手挽着手一起用萧山"咸话"向亚洲朋友发出盛情的

邀约……

聆听，走过一千四百年的瓜沥
他说：瓜已经熟了，生活那么甜
我是弄潮儿
我是潮头上升起的标杆
我是地球村里
一个传递和平、希望与梦想的枢纽

读红山农场

读，六点八平方千米的红山农场
读它的前世
读，"潮来一片水汪汪，潮去一片白茫茫"的头蓬盐场
滩涨与坍江，被咸苦的命运撺来撺去的沙头鸟
读一粒盐中的血泪与叹息

读"五七农场"
读愚公移山，埋头苦干
读"世界围海造田的奇迹"
读，第一代红山人
筑堤、挖浦、垦田，不屈不挠
从寸草不生的盐碱地上种出庄稼
读草青棉白，稻花飘香
读一条来自排排房时期的扁担
裹着一身岁月的包浆

读"农工商经理"的三把火
读农转工，穷则思变

读从小打小闹的卤冰厂、小水泥厂、胶木厂
到遍地开花的乡镇企业
读80年代的"江南小康又一家"
读双手创造的富裕
读莫桑比克前总统萨莫拉的感慨
这里的生活太好了，比我家里还要好

读马传兴的《寻找差异50年》
读杭申、协和、红剑、红立、金首、大路等集团企业的传奇
读红山的第七代、第八代别墅式住宅
读欢乐的红山农场合唱团
读宜居宜业宜游的幸福红山

读，六点八平方公里的红山农场
从"天堂边的西伯利亚"到"天堂边的天堂"
读，红山人的精神
读，红山人的梦想
读，红山脚下的奔腾潮涌
听，萧然大地的蓬勃乐章

贺知章回家

他曾骑着一匹醉马练习回家
家是在掉落的枯井中安然睡熟
他曾在诗的平仄中练习回家
化身燕子裁剪一万匹碧柳的锦缎
他曾在手书的《孝经》中练习回家

绵绵的笔意若那条剪不断的脐带
他曾在镜中用一茎新生的白发练习回家
夜深人静的长河两岸堆满了白月光
及至皇帝放垂垂老矣的他告老还乡
这位少小离家的乡愁病人
这只摆脱了藩篱的老鹤
就从一场恍惚的大梦中
轻身降落到了千年以后的蜀山
他在文笔峰下遇见一座"甲科济美"的牌坊
但没遇见刚中了状元的那个自己
他在史家桥上遇见一群转世的李白
但没有遇见梳着总角的稚子蒙童
而在以他名字命名的知章大道上
载着别处乡音的货运卡车
正在练习以白驹过隙的速度奔跑

萧山印象（组诗）

◎赵国瑛

官　河

官河在江寺画了个逗号
文武百官在此下马
陆游身负一篓诗词
从南宋赶来，康熙、乾隆
车马隆隆，驻足于此

惠济桥上挤满绿荫、清风
桥下是萧绍平原的桨声橹影
一条石板路，秀才走过
师爷走过，贩夫走过
农人走过，官差走过
南货和北货都在这里
找到了自己的乡音

放眼望去，惠济桥果真
有七个兄弟，蹲着马步
在烈日下修炼

入夜，月华如水
一条官船已有几分
醉意，带着伙计
和慌张的灯火，匆匆驶进
女人的梦乡

虚掩的门

推开虚掩的门，你便是主人
和诸神享受同等待遇
前脚惶恐，提醒后脚
修补经验的漏洞
安放经卷的地方
灯影消瘦，梵音缥缈
你像绿植一样随意坐在
诸神中间

神童一手指天，似要
捅破头顶偈语
月色看不见的地方，倾诉
和倾听在低处流淌
直到一叶菩提从画中飘落
群山才从大地起身

接受众生的祈祷

流水线

她们将细节制成小小的浪花
在细长的一天
倾听铜丝的心跳

她们在胶木和金属之间
安放逻辑，为电流捕捉
物理的光芒

开关将自己设计成一道
选择题，或一扇精致的门
将所有风暴收拢在方寸之间

她们坐在自己的孩子中间
她们的目光在流水线上奔跑

七彩社区

生活折叠以后会是
什么样子？梦有多少种颜色
就能折叠出多少种形状

在一幢楼里种下无数愿望
在不同的愿望里种下

你的脚印，你的手
在飘荡的时间里
握住自己的生活

更多的时候，人们将社区
编成大小不一的故事
每个故事都有自己的翅膀
每天翻动不同的风景

在瓜沥，未来在身边走动
成为我内心最甜蜜的部分

围垦传奇

和一条江搏斗
海也没有这个胆量
而他们偏偏要发起
一次次冲锋

潮水与滩涂互为敌人
初一、十五反复交手
钱塘江南岸成为没
有硝烟的战场

他们终于出发
将简陋的生活搬到滩涂
劈山采石，挑泥围坝

抛石护坡，抢险保堤
一次次和潮水抗争
将无法撼动的楚河汉界
向前推进

几十万大军几十年挥洒着
激情与汗水
在咸涩的滩涂书写
人间奇迹。五十四万亩土地
足够装下一代人的青春
梦想与自豪
她正向我们走来，张开双臂
拥抱亚运之梦
看！亚运之光已站上
钱江潮头

听她谈红山农场（外二首）

◎赵　俊

在她软糯语言的泉眼里
居住着滩涂和不幸
当记忆洄游时
泪水的宫殿露出真容

你喇叭中隐藏的杂音
在出海口并非白噪音
日出是一种责任
为这潮湿带来一种希望

逐渐，你们的双手让
一种坚硬开始寄生
这是一种负熵
为丛林的恶纠偏

每当稻穗呼应河姆渡遗址
孩童的微笑蘸着善意

普照在每个可能性的清晨
古代施粥的场景在一遍遍放映

这仿佛是一种训诫
当她将你拉回当下
你并未因抽离而停顿
在那业已休憩的光阴里

你将因此在自然中栖身
为这被祝福的夏日
远处，机耕线已停泊
而粮食的箴言是永远的水手

任伯年的人物画

在一种凝视里
长久的谵妄已达成
在那里，没有黑夜
白日澄明在无限增殖

晚晴在笨拙地植发
宣纸里的牛无法将它驮走
画笔也在口占
他们用木讷完成速写

在兵燹的导火线中
多少墨汁重新成为矿物

人像均匀地分布在萧山的滩涂中
用来完成一次对马蒂斯的致敬

如今，静物都已跳脱，而你
将如何描摹家乡
如果辫子已滚入烟火之中
你的画笔也将陷入次贷危机

所有人都在山水中隐身
成为广厦之间的黑点
这并非罪愆，而如何赎回
将是你在和平年代的诘问

或许这是你要穿越的语境
而溽热在酷暑中滑翔
当汗滴灌进当代镜像
你将用一个晌午规劝美的当代性

湘湖的龟

一只中华龟潜游出水面
在螺蛳遍布的青石板中隐遁
你应该记得这被雨绑架的日子
近处山中的梅子对应着这个节气
这傍晚中透气的时刻
是寺庙晚课中溢出的章节
永远有人在修补着石坝

为了在这里剪辑出一个背影
你耗费着爬行类玉牒中的名讳
不再受制于高贵的局限性
和蛇虫一起在水中竞速
它望着手持诗的盾牌之人
那水杉的落叶在睫毛中掠过
幻化成它丢下的法器

它在隐逸的水中酿造新生
进击着生活无趣的假面
它吸食着湖水中的鳞片
这是放生者制造的新杀戮
它已典押了梵音的尾韵
蒲团前清瘦的孤影消失在水中
持戒的愿望成为肉糜的黏合剂

杭州之门（外一首）

◎周小波

门有很多种，门是一种态度
是边界也是界线
几只白鹭披着太阳的火穿门而入
像来自另一个时空
展开，奋飞，进入门的江湖
大莲花小莲花含苞待放
生长出了一副可爱的样子
内敛着这片土地的厚德
迟来的，像是晚点的绿皮火车
终究得到站，疫情只是个小小插曲
这个世界的过错是需要时间来买单的
在会展中心的空中花园
站在城市的顶楼看时势变迁
看钱塘江风起云涌，那是何等的风光啊
讲解员小妹的口罩上有一双灵动的眼睛
顺着白皙的手指看去
一派美丽的景象流动在江畔

大门敞开，早已破了吴越的高门槛
敢以门为题的都是大格局
有着象征性意义，譬如凯旋门
譬如南天门、天安门……
离家出走的热风穿过H形的门时
带着玻璃反射的丁达尔效应
光的爱就有了形状
像两条泛着金鳞的龙在翻腾

等待不会太久
门开着，散装的日子开始倒计时
一场盛会将穿门而入

戴村街上的书吧

午后的阳光瞄准了汗珠
种植了一颗颗小太阳
三三两两的年轻人穿着凉快
吊带和热裤彰显着四十一摄氏度的风采
挤进耳朵的蝉鸣
被带入记忆咬痛的灰色地带
猛然醒悟，这还是原来的乡村吗
和摩登的都市已经没有了差异
路边一个崭新的书吧
让我吃惊，与乡村竟然那么和谐
没有丝毫的违和感
这块越国之地有着神秘和奇迹

有可述说的遗迹
祖先率先走出了茹毛饮血的蒙昧
比河姆渡还早一千年的跨湖桥遗址
陶罐脱去了泥土的外衣和现在对话
有独木舟的梦境承载着浪的碎边
也有勾践站在萧然山上的隐忍
更有先烈们跨越鸿沟的勇气
走在前面的人是赤裸的火焰，照亮路途
把落后格式化后大胆重启
旧时的街道换上了脱俗的新装
彰显文化才是这个时代最美的勋章
我看到了这块土地奔跑时的背影

所前天乐寺（外二首）

◎莫 莫

柴门半掩，推门而入是客
"一切佛寺皆是众生福"

匾额书"起敬"二字，是为劝诫入内者
需"肃然"见佛祖

长廊四方建筑，庭院大肚能容
梵音隔开墙外喧哗红尘

释迦牟尼以身饲虎，解答众生平等
释姓住持身着黄色僧衣
引君领悟自主自宾自仆深意

一如佛祖坐在莲花台上劝众生向善
这世间便开满了莲花

信仰让行善之人更依仗圆满

让行恶之人忌惮虚无
有人来时不信，有人走时不疑

围涂人

独木舟翻开八千年史页
有人赤手空拳，在无字天书上刻下誓言

他们借用铁铲、铁锹锋利的牙齿
推开海潮加固淤泥层

他们在滩涂上喝盐碱水，形成巨大人海
以匹敌海水的浓度压制江潮

他们用骨头里的钢筋
与潮水对抗，把坍江的土地再撑起来

他们从荒芜中创造更多滩涂
在不毛之地变出城池和鸟雀

他们的血管里始终流淌着不服输的血液
故能创造"人类造地史上的奇迹"

城厢七桥

运河穿萧城，水利而万物兴
每一朝代的光亮也许只能照到当时

我们站在古桥上，闭目乍现灵光
千百年也只一瞬，那相似的树影婆娑和河水斑斓
以及单孔石拱背起的故人脚印
皆在于此

也皆深刻于传说
一阵晨风从回澜桥起身
经过东旸、惠济、梦笔、古仓、真济五桥
到达永兴桥头时农家炊烟已深

也许想知道萧然城旧时繁华的并不是风
一群爱写诗的人，与许询、陆游站在同一位置
在新河道覆盖的旧河道上，他们一齐出声

令桥上每一块青石板皆化身乐器
为 ·代人叠着一代人吟诵的回响伴奏

临浦的乒乓球（外一首）

◎黄建明

乒乓球在临浦
不是生活的全部
但绝对是至高无上的

光有点亮
也有点暖
它迎着我落到石头上
转身又飞走了

一朵白花
好像是绿衬衣上的一枚纽扣
反光晃了我的眼
在浦阳江的浪中漾开

我想着临浦的乒乓球
好像浪荡公子谈论着爱情一样
全世界都去和泥土相亲

我则被困在了饭架街

人们都问我
你为什么这么春风
我沉思了一下
回答说，想了想乒乓球

昇光村的红

昇光村的红
吹醒了疲惫的时间

村里出了一位老中医
还有一位巾帼英雄
现在，老中医站在戴村的医院里
巾帼英雄被娘家人邀请回沈村山里

墙门的墙上
站着许多年轻人
他们如炬的目光
透过眼镜片，从百年前一直望到今天

昇光村的初春是迷醉的
昇光村的故事是精彩纷呈的
在昇光村，一定会使你的生活
美好、宁静，有故事的锋芒
还有，有趣的灵魂

可以预见的未来
飞扬的红
必是孕育着奋进和磅礴
无声无息，流泻出一抹春色
供养着我不着边际的思想

贺知章走在明代的思家桥上（组诗）

◎陈于晓

贺知章走在明代的思家桥上

单孔石梁桥，横跨史家桥河
一旦叫了思家桥
仿佛就有童声在琅琅了
"少小离家老大回……"

转过桥，哪一间曾是贺家老宅
唐代某一天回到故土的四明狂客
曾把史家桥河的流水
舀来当酒，以浇灌乡愁么
只是垂下万千绿丝绦的那一行柳
又被移栽到了何方

这次去寻访贺知章故里
走在思家桥上，我停顿了一下

像多余在《回乡偶书》中的一个顿号
忽然想，这明代所建的思家桥上
倘若走着的是唐代的贺知章
这乡愁，又将如何氤氲光阴

桥是水乡最普通的石桥
河是江南最平凡的小河
村上小儿不问客从何处来
客从来处来，如同流水从来处来
客向归处去，乡音未改
落叶，生根

采撷东恩村的灯火

一羽白鹭，在拍动航坞山的郁郁葱葱
抑或翩翩着白龙寺的点点禅意
当夜幕拉开，这山间的香火
就被山下东恩村的灯火隐了

穿村而过的一湾碧水
时隐时现。两叶乌篷
像两枚"泊"，泊在晚风的清凉中
一弯月牙，依然模拟着
童谣里的小船弯弯
今晚，桨声将最先潮湿谁的梦乡
所谓涟漪，是微风漾动的
原野的翠绿，黝黑在灯火之中

倘若顺着某一条田垄走回旧时光
起居在纪念馆中的画家任伯年
会用浓墨和重彩，为东恩村的
乡村振兴画龙点睛吗？抬头看山
低头见水，人家井然在田园中
蛙藏在稻花香中说丰年
说着说着，在夜色中采撷灯火的人
一不小心，就误入轻轻的鼾声

浙东运河

于浙东运河，我只走过
它落在城厢街道的一段
道或者不道，皆是寻常
自从建起了新桥，老桥和我
已各自作息互不相扰

藏身老树的某一只松鼠
仿佛已多年不见
偶尔露一下脸，它不理我
我也不睬它
风吹在哪儿都叫作风
跟着流水走的，船只已不见
流水也早已不是旧年的
不改的，也许只有旧时的波

每天上下班，路过浙东运河的一段

有一种生活，叫周而复始
偶然想起运河的一些往事
才发现，我一直在往事之外
在我自己的烟火中走动着

有一种生活叫"滩边觅盐"

还有人记得，钱塘江边有一种
浑身灰色的鸟儿，俗名叫"潮皮鸟"吗
潮来飞走，潮落又在滩涂上觅食
旧年红山农场的晒盐人
常以"潮皮鸟"自喻

盐民的日子，像极了这鸟儿
乌黑的肌肤乌黑的脸
江风吹，江边的阳光晒
刮泥、淋卤、板晒……
一个个乌黑的影子，从被江水
浸润的土粒中，一把把地刨着
白花花的盐粒

"打铁、晒盐、磨豆腐"
都道是人生三大苦
晒盐人，还得不时地迁徙，风餐露宿
而生活的鲜美，也许是藏在盐粒中的
钱塘江的慷慨馈赠
是盐民从苦中换来的慰藉

在围垦的光与影中穿梭

在党湾庆丰村，走进围垦陈列馆
仿佛光阴一下子就褪成了黑白
安静下来的内心，学会了倾听
旧年的光与影，在岁月深处响动着

咸菜、萝卜干和冷饭，裹挟着
北风的苦涩，深一脚浅一脚
被大片大片的雪花浸润，凛冽的寒风
吹不走你追我赶的热气腾腾
"誓向滩涂要良田"
这是父辈们挑围垦的故事
他们起早贪黑，脚踏实地，双肩挑出了
"奔竞不息，勇立潮头"的萧山精神

在沉甸甸的米袋子和菜篮子中
我还可以捡回那些父辈们的脚印吗
扁担和泥筐，不动声色地
守在围垦陈列馆的一角
它们的呼吸有些浑浊，这是我所
听见的，我轻轻抚摩了一下
发现这扁担这泥筐
依然带着那些年的体温

渔浦夕照

在三江口，一盏夕阳，擎在苍茫之上
然后，愈来愈低，几乎就要挨近
水沸腾了，水的确是在沸腾着
霞光是燃烧着的火焰
归来的渔人，触及的是
渐渐凉下去的暮色，满舱的是鱼虾
当然，暮色也是可以满舱的

水雾弥漫，也许是渐淡的晚霞
缓缓化作了水雾，隐隐的船只
先是犁开了波光粼粼，接着犁开了水雾
两岸的灯火，开始次第传递暖意
再靠近一些，就可以上岸
步入人家灯火。有时我有些羡慕渔人
比如，就这样，在日出日落的劳作中
在三江口，隐姓埋名

在这浙东唐诗之路的源头
那些不曾隐姓埋名的诗人
此刻，或许正泊在时间的浅处
枕着波涛，让游动在诗句中的
三两鱼儿，吐出点点渔火
而倦鸟的翅膀，已被黄昏的风
吹动在时间之外

"化蝶"双馆

亚运，一场赛事，正在蝶变着
一座城。"化蝶"双馆
在钱塘江生生不息的涛声中栖居
我听见涛声，已化作梦想在舞动
更快更高更强
舞出亚运健儿的铿锵风采
也舞出了一座城的昂扬风采

琮琮、莲莲、宸宸
在"江南忆"中叙述别样风韵的杭州
萧山之门，杭州之门向着亚洲
向着世界敞开，有容乃大
拥抱精彩的远方。这清丽的蝶翅
扇动着开放的风，正在浩荡出
杭州湾、长三角的旖旎与辽阔

蝶在翻飞，将翩翩出亚运健儿的
多姿多彩，也将翩翩出亚运时间的
多彩多姿。是的，我仿佛看见蝶翅
已化作熊熊的亚运火炬
高擎着拼搏和友谊、团结和奋进
是的，这个秋天的绚丽篇章
已被亚运的圣火点燃

莲花，生命的鸟巢（外二首）

◎王　毓

一个响指，点亮一场潮起的神话
一片滩涂被捏成莲花朵朵芳唇
呐喊，大唐的马球在花影中升成太阳
低语，南宋的蹴鞠在明月下惊起鸥鹭
如果今天，时空注定被城市占领
我愿这花蕊上力的紧绷、美的颤息
凝结的音乐都来自自然生长的奇想
从绽放中走出的盘古、哪吒……
在云中连着如来是福、如去是烟……
围着天堂的祭坛，举起钱塘江上的浪花
像蓓蕾一般等待，等待亚洲雄风
在激流中放下分歧的恶浪
朝向天空，波光粼粼的花瓣掀起巨澜
这翻腾的盛宴也朝向欢愉的赛场
一个球，弄出无法琢磨的轨迹
进入它，感受它，和它一起弄潮
心跳爆发的刹那，不朽的精神疯长

这座灵魂的房子，飞扬，飞扬
生命的渡口就坐落在花心里
用一艘船的激情，划亮了众人的彼岸

欢潭，中秋青红

在黄昏的遥望里
山回环，苍翠逶迤着连绵
为欲飞的青鸾赐予洋红色的桂冠
把艳红的夕阳折成红秋葵的红艳
这颗盛情的卵子在自己的土地上
流动着圆满的盛宴
望烟台上，用心耕耘村庄的长者
把一年的饥饿从烟囱里连根拔起
向他乡飞，青春的梦总在远方怀孕
飞回新江口时，天地精神降落家里
在书屋中把贤义一遍又一遍描红
一行字可以唤醒向上的灵魂
即使朗读的乡音变了，明天
煮药的瓦罐还会捞起邻居的重生
当四季干涸，安睡在池山的人
一生阳光充足
红秋葵凝望一瓣瓣升起的红月亮
"我们的根藏在她落在地上的影子——欢潭"

秋日在跨湖桥划过

高峰、雪原、沙漠、草地、丘陵、河流
迁徙的飞羽在栾树之巅收住振翅
握住金鸡外的玉璜，从驼铃吟到了潮涌
从跨湖桥钓一株红豆杉
朱红的乐曲从西边唱到东边
我羡慕这里划船的孩子
绿荫下，铺满湘湖的白帆
一挖，就诞生一串诗人
接踵而至的韵脚宣告收获的起始
欲望到信仰的过渡带上
精神的觉醒奔流在湖底
云雾聚散整个种性的气血
绝唱之后又超越
困顿于船上划出世纪的变迁
伸开手，吹散空中的理想
暂时把寄居湖上当成一项制度
一个人和人类的距离在这座桥上

贺知章的背影

◎黄依童

1

一只蝴蝶从思家桥飞出
每一次扇动都发出巨大的声音
我看见烈日无数次将他的身影定格
也许桥下的水就是回乡的路

2

他是蜀山微缩的画像
功名不过井底的一场梦
天子呼来，他解下金龟，送给那位
不肯登船的朋友，谁知道
他落笔一就，宣纸竟能唱出
雄厚的乐府。道袍，山水之乐
与烧饼等价。偶书，在思家桥

我看到他错愕，释然
便隐入墨山与白水
一声千年的叹息恍若倾盆大雨
洗净一轮斜照西山的圆月

3

咏柳就是咏春天
就是咏江南的那个家
那个倾国倾城的家
一座山，一座桥
在他的背影里
仰天大笑
一个人，一支笔
在孩童的眼睛里
是陌生，是
理想的诗意

莲花碗（组诗）

◎小雪人

石　狮

它压在车流旋转的轴心，市心北路的
某一处拐角。众生喧哗中的静音

从孤峰上被肢解下的汉白玉石
被劈开、雕琢、反复打磨

工匠将一生的笨拙与锐利，凝聚
注入它巨大的凝视中

提及巨大，不过是凸起的眼珠
它特别的白，浑圆的白

经过它的人群，停下脚步
抬起低垂的黑头颅，注视它

跨湖桥遗址博物馆

那独木舟被搁浅，穿过八千年的
时间巨流
有木桨，划过潮涨潮落

瞬息之间，我回首看悬空处
光影中
有乘风划桨者，身披蓑衣巨翅

勇立潮头
与注视它的异乡的故乡人
有相似的气息……

无　题

暴雨中，马齿苋、马缨丹在城建绿化带中
奔驰
蹄印蓄满雨水

香彩雀为其簇拥，鼓舞，喝彩
这么多动物的魂，集结在叶脉上
蓝猪耳侧耳

听
迎亚运四重奏，正在弹落的雨珠中
谱曲合唱

莲花碗

一亿三千五百万年以后
博物馆陈列恐龙化石的年代
此物种
还是年年生
年年枯

年年从淤泥中挺起，破出
水界，向阳开
年年又收敛自己，重归寂静

莲托出来的不只是众花，还有众佛
不只是众佛，还有众人

大千世界在莲花碗里度过一场
整个钱塘夜空，散发出紫气

钱塘运汛（组诗）

◎漏金华

钱塘运汛

一发火红的信号
泛滥了杭州湾的水位
秀丽的钱塘江两岸
褪去了那层羞怯
修长的双腿迈入东海
踏浪
源自奥林匹斯山巅的潮汛

西子出水

这一刻
亿万双眼睛
聚焦江南水乡
为矫美
亮分

钱王射潮

绷紧执着
射一矢昂扬
穿越幽深的时空之门
放逐
一波又一波涛声

越王城山跑马道

那一圈尘封的跑马道
踩着古老的步点
从吴越争霸间走来
跨越湖光山色
演绎经典

泛舟湘湖

荡一叶独木舟
唤醒沉睡的暗流
于是这个世界
睁开
一叶海的视窗

杭州亚运会，昂扬新时代亚洲雄风

◎马冬生

1

是什么所向披靡，催促我砥砺前行
是什么跃出诗笺，扶摇我展翅翱翔
是什么拔地倚天，引发我凌云畅想

律动火热音符，绽开飒爽英姿
杭州亚运会，律动我狂热的血液
火炬传递中，明媚的春光尽情播撒

勇立潮头，让我们沐浴黎明的光辉
携新时代的涛声、骨血和民族根脉
奏鸣昂扬的中国，壮阔亚洲的交响

2

在雨雾中盛开，在西湖中升腾

灼热的音符，在指尖飞舞
心心相融，@未来，我们一同翱翔

点亮心中的灯盏，升起希望的祥云
在新的起点，飞扬无限的憧憬
我们每一个人都在奋力追梦的路上

吸足大地的滋养，挺直中国脊梁
我们的骨骼浸满蓬勃向上的力量
我们怎能不抒写萧山崭新的篇章

3

从暗夜的脉管里延伸，一路豪歌
秉持"绿色、智能、节俭、文明"
同心同梦，我们开拓向善向美的路径

历练杭州风骨，激扬亚洲雄风
一种精神绵延不绝，一种血性穿过肝肠
在新时代的赛场，我们喷薄大潮的力量

该怎样给自己构架一条通天的大道
让亚运出彩，让中国出彩，让亚洲出彩
跃马扬鞭，我们向着岁月的高处奔跑

江南忆

◎潘开宇

江南忆
忆杭州山寺中
广寒香冷的三秋桂子
或者在吴宫
透过杯盏间春竹叶的清亮
映着吴娃双舞
醉倒芙蓉

如今"江南忆"
将中唐的词牌安放于亚运吉祥物
白居易的古意
翻新成琮琮、莲莲、宸宸
一个如玉
温润五千年良渚文化的古韵
一个是映日荷花
让淡妆浓抹总相宜的西子一碧千里

另一个
随京杭大运河的浩荡蜿蜒
富泽家国

力与力的较量
速度与速度的比拼
从1951年的新德里
到2022年的杭州
亚运的旗帜从未如此亮丽

山是高昂的头
云也手握手
时光激滟中亚运雄风凌空回旋
一拂山河锦绣
二拂国富民强

三拂"江南忆"
吉祥物在历史的纵深
和徐徐展开的盛世卷轴中
一半灵动
一半绰约

为杭州亚运会欢呼（组诗）

◎周维强

迎亚运：阳光下的长跑

清晨拥抱阳光，萧山大街上，健康
拥抱运动的人们。不论是
花甲之年的老者，还是朝气蓬勃的青年
心中都流动着响亮的言语
"生命在于运动"
是的，迎接亚运会，健康之路
正在每一个人的脚下延伸

阳光下长跑的人们越来越多
每一个人心中都有一个春天般
温暖的祝福。仿佛悦耳的铃声
仿佛酿造的蜂蜜

我们看见萧山鹤发童颜的老人们

舒展开臂膀里的山岳，澎湃着
小腿里的江河，加速着春天的脚步
意气风发的青年们则让胸腔里的日出
辽阔成一个民族健康的未来

清晨的阳光吟诵着盛开的繁花
在萧山，迎亚运，长跑的人们
和万物一起，欢歌、奋进
共同强壮祖国辉煌的征途……

为杭州亚运会欢呼

为杭州亚运会欢呼
无数花朵选择在这个季节开放得
更美、更艳，枝丫上的春天
绿成了一个个快乐的童话
晨练长跑的人们，用健康的歌声
祝福祖国和蓝天
心中溢满节日的幸福和吉祥

为杭州亚运会欢呼
"的哥"在车上贴满文明标语，心中
装着喜迎来宾的喜悦。轿车串起
火红的流行色，无数楼舍
用焕然一新迎接
美丽的杭州，美丽的街道

为杭州亚运会欢呼
萧山大街上，挥舞着渴望与向往的鲜花
每一棵树、每一株草都带着兴奋和激动
这里飞溅着友好、欢乐的浪花
这里涌动着和谐与关爱
这里，我们用微笑迎接友人
把祝福串成希望。尽情拥抱
亚运会带给我们的
激情、快乐、健康与荣耀

魅力萧山，精彩亚运会

一滴水加上一滴水就是海洋的辽阔与蔚蓝
你的手牵起我的手，就是美丽的亚洲
和谐的亚运。此刻，我们在萧山
在萧山的诗意中
放飞友谊的赞颂，用你的微笑，我的祝福

是的，快乐在奔跑，喜悦在奔跑
一阵又一阵清风，用禾苗般的绿意
为我们的前方铺满优美的旋律
那是友谊的花园，如星空般灿烂

你追我赶，脚步声中荡漾着
竞争的热情。发力向前，同一起跑线上
友谊更加悠远绵长
用真诚追逐真诚，用微笑团结微笑

这是魅力的萧山，魅力的杭州
这是友谊的亚运会

一滴水加上一滴水就是海洋的辽阔与蔚蓝
你的友谊连起我的友谊，就是花香
就是博大。就能听到彼此关爱的心跳

歌唱萧山

这是激情的萧山，魅力的萧山
人们唱着同一首歌，涌动着歌声里的美好祝愿
友谊的亚运会即将起程，我们看见
每一颗爱心都在接力长跑
每一双手都在挥舞着文明的红旗
你好亚运会，杭州欢迎您，萧山欢迎您

这是美丽的杭州，这是幸福的萧山
当亚运会选择杭州那一刻
天上的星辰在欢笑，地上的眼睛
闪烁着激动的泪花，从此，我们的内心
飘扬着一艘运动的军舰，用和谐与微笑
为那漫漫长路导航——

这是诗意的萧山，这是中国古老的画卷
洁白的鸽子，飞舞着柔美的翅膀
热情的人们，用真诚播撒着欢庆的阳光
我们为每一条道路铺满了平坦与辽阔

我们为每一位运动员建设着爱心的花园
有家的温馨、朋友的情谊和伟大的梦想
你好亚运会，杭州欢迎您，萧山欢迎您

奔跑着亚运的快车

孩子们跑起来了，老人们跑起来了
小伙子、春天般美丽的姑娘，他们用健康
诠释着长跑的力量、萧山人民的热情和传承
体育精神的速度。是的，脚步声里
有一轮被朝霞簇拥的太阳
有一朵被大海的波涛飞扬着的晶莹的浪花
有一个强健、和平、伟大而强盛的中国

奔跑着亚运的快车，奔跑着萧山人民
家庭的吉祥和幸福的心愿
你听，他们边跑边唱，歌声涌动着飞翔的浪漫与梦幻
你看，他们步伐整齐，节奏铿锵，传递着芳香与荣光
这是我听到的一曲悠扬的天籁之音，这是
我看到的最美的锦绣画卷

奔跑着亚运的快车，友谊牵连着祝福，健康叠加着
喜悦。我们把一个个喜庆的日子
埋藏在心底，让它在风中
萌芽着初春的鹅黄，赞颂着萧山的美好

你好，亚运会

你好，亚运会！你好，我们心中向往的自豪与期盼
在这个闪烁着激情与绚烂的日子
我们把你接回家，接回杭州，接回萧山
我们的友谊使者早已经用力量和完美
为你编织了一个写满金色与绿意的桂冠
是的，绿意代表祝福，金色流动着希望

我们把眼睛中的星辰化作爱和笑意
我们用真诚为你打开欢迎世界、迎接宾客的大门
我们用音乐和太阳浇灌着脚下的沃土
光辉的日子，我们期待蓝天的光芒

你好，亚运会！你好，城市迷人而生动的色彩
在萧山，每一棵树都是乐于奉献的志愿者
每一棵草，他们也都挺拔着腰身，为城市的亮丽
增色、欢笑，把春天留在每一位友人的心间

健康的诗意在每一双手上延伸，力量的源泉
团结着不同的感受与光彩
哦，你好，亚运会！你好，萧山！
阳光把我们的道路镀上金边，阳光让我们的服务
像鲜花一样开放，像热血一样沸腾

在未来大地燃起亚运圣火

◎李沅哲

一只绿孔雀,从
喜马拉雅山西南的神秘国度踏歌而来
她飞越苍茫山河,载着和平与吉祥
从亚穆纳河的一滴水中出发
她横跨印度洋,也穿越大西洋
栖息在钱塘江的某处绿地

临风起舞的神圣之鸟
搬来风声里的记忆,沿江一路挥洒
七十年的亚运文明之光,在激涌的浪花里熠熠闪烁
一滴滴水融进浦阳江的波澜
所有的理想与思想都长出了翅膀

我们,从要打造一个年轻的城市中打开思路
我们,在青年的诉求中展开"lead未来"行动
我们,在传递爱与守护未来中架起希望的桥梁
我们,在温度与情感中凝聚青春力量

我们，呼吁全体青年人冲破守成的暮气，一起用创新激发
活力

他们，手握自信、勇敢与坚定的信条
他们，常怀反哺家乡的殷切希望
他们，渴望命运的头顶可以照进一道光
他们，有探索真知、敢闯新路的才干
他们，心中有梦，脚下有万千里路

你一定还记得吧，古浴美施闸前那场声势浩大的远行
将西施精神站成层层叠叠的奔腾
桥上日出，把村前的青罗带一遍遍打开
淌出历史的纸上风云
拍一拍梅里厚实、绵延数十里的脊背
脚下的泥土在田野间扎了根，和风一吹
那喜悦与真情，在农民淳朴的脸上堆成一抹灿烂
散发出红澄澄的绵甜和翠绿的芳香
未来大地，柿子在枝头点好灯
把爱与如意送进下一个秋

他，是青年智慧团的一员
走出书桌倾听青年呼声，把最好的政策带去年轻人的身边
他，是一名"90后"村支书
守住乡村"魂"，留住乡村"形"
用青年的力量搭建乡村振兴智库
为农村留住人才，为归家的游子留住美丽"乡愁"
他，是青年宣讲团的一员

在实践中打磨，将鲜活的故事与智慧带上讲台
将红色精神播撒到青年集聚的地方
他，是青商会的一员
撒下一粒种，长出一片林
产业发展的触角伸向校园，让创新更有活力
帮扶结对、产教融合，让梦想更有力量
她，是"百临鸟"亚运志愿服务队的一员
心之所向，素履以往，志愿先行
他们将一个大写的"心"字融进亚运
用心沟通，竭诚服务，穿点成线，汇流成海
今天，5000人已以水滴的形状奔跑着、跳跃着
在这里热情相遇
明天，还有更多的人跨越五湖四海
汇入亚运这条新生的河流
青年工匠、青年企业家、文化志愿者、年轻村干部……
因为亚运，他们站成了一座座山峰
在日月星辰之中奔赴小城市里的每一处角落

以陈家墙门群为起点
数智与千年古镇的底蕴形成碰撞
那天，他们以出发的姿势，挽紧手臂
以钱塘江奔腾的姿态，擎起助燃亚运圣火的旗帜
从峃山上，拾起满天星光
从丰茂的浦阳江畔，衔起水草编织亚运的花环
传递亚运的火炬，抵达2022……

在湘湖边开亚运会

◎许也平

在湘湖边开亚运会
向世界展示
八千年的历史
吴越古国的文明

此时，我仿佛看见
跨湖桥博物馆沉睡的木舟
从远古瞬间跨越了时空
搬移到现代

而湘湖的清波
仿佛从亘古的地底
喷涌而出
在湖面平静下来

在湘湖边开亚运会
父老乡亲们
用吴越的乡音
点亮天空中闪耀的星星

我在家门口迎亚运

◎陈俊舟

亚运会的主会场
就设在萧山的怀抱里
亚洲雄风的歌曲
再一次唱响神州大地

我在家门口迎亚运
萧山的花边已经挂上了墙壁
图案上的起伏纹路
就是竞技中的帆船向前冲刺

动漫里的欢迎曲
感动着所有的亚洲健儿的心
走进萧山就是走进家
霉干菜的味道香极啦

我要举着国旗
成为赛场上的最美记忆

为所有的健儿加油
向中国的健儿致意

中国国歌
能把赛场的热情提起
中国的金牌
会是一道亮丽的景致

我的微笑
温暖每一位健儿的会意
通用问候的语言
就是竖起大拇指

奔竞不息的萧山
有着永恒的青春魅力
勇立潮头的健儿
夺下金牌就是胜利

我们亚洲
山水相连都是姐妹兄弟
有雨我们一起沐浴
有风我们一起展翅

洒下热汗
我们向着精彩竞技
团结一心
亚洲就有最大的凝聚力

我在家门口迎亚运
披月而眠的灵感都能站立
所有的呐喊都是动词
祝福所有的健儿取得好成绩……

坐在萧山门前迎亚运健儿

◎雷　婉

上乘的龙井茶已经泡好
萧山的花边已经挂在了窗旁
十字绣里的亚洲美图
如动漫里的云朵在蓝天上翱翔

首届亚运会的火炬
早年就在马尼拉、上海、大阪点亮
《赛马》激烈的鼓点
在帆船划一的桨板上起航

多少届的亚运会
在不同的亚洲国家轮回开场
每次在中国大地上的亚运会
都会掀起群情激昂的波浪

第19届的亚运会
将在杭州绽放

主场馆在萧山之地
奔竞不息的萧山出彩闪光

把低山丘陵叠成酒盅
盛满萧山东道主的深情
暖热的亚运会会徽上的光芒
沐浴着奋发进取勇于夺冠的健将

勇立潮头的亚洲健儿
个个都是叱咤风云的猛虎强将
尝一尝萧山的三黄鸡
雄鸡版图上的美食让你终身难忘

萧山的萝卜干炒腊肉
脆香入口的味道醉了心房
萧山的杨梅果大核小
汁多味甜的感觉会让疲倦退场

人杰地灵的萧山区
越王勾践卧薪尝胆的故事代代传扬
萧山区妙龄的青枝上
挂满了生态绿色的希望

萧山区里的漂亮姑娘
她们都由西施居住地的水土滋养
清末画家任伯年的墨宝
多姿多彩、新颖生动、融会诸家之长

坐在萧山门前迎亚运健儿
火红的灯笼散发迎客的灿烂灯光
兰花指弹奏的古筝声声响
亚洲的天籁之声将在萧山回荡……

李亚红以飒爽英姿迎亚运（外一首）

◎李洪彬

浦阳江悬浮龙门山祥云入萧山
益农镇妇联主席
李亚红接鸟羽掉下的春天

徐缓清风，熹光如期，她飒爽英姿
她参与三美创建足印
释放萧山深藏于龙鳞的鸟鸣

触摸黎明陡峭，以浦阳江铿锵萧山的动词
做天底下最好的卷尺
丈萧山隐于卷轴的山水

量创建家美、村美、乡美后
居民酒窝笑时荡起的旋涡
以乡亲们绽放的笑容入题写迎亚运日记

用钱塘江欢腾的次数穿胸刻"128"工作准则

愉悦天人的萧山风景
自带闪电的唐诗垂下无垠的天梯

线钓萧山花期，萧山奇迹邂逅宋词
柔软天人衣袖风声
收敛浦阳江奔腾入萧山橱窗写诗

萧山自然与世界的春天联姻
平仄元曲咆哮入悟道
唐诗写给萧山的绝句踏春天翅膀

让萧山苔痕留满鸿儒的影子与祥云密语
议论生命从大海走上陆地的美貌
"128"发展纲领垫萧山海拔，李亚红

飒爽英姿以露珠浅睡的美人轻吻萧山
漫长萧山花期
把天人宫阙植入萧山为亚运健儿护航

用浦阳江白天尚未用完的眉笔，给落日
续上会飞的翅膀
驮落到萧山胸口的星星沸腾星空

喜迎亚洲健儿用大拇指荡起的波涛
给萧山写世纪祝词
一滴水一荡漾，就醉成无数坚贞不渝的翅膀

从大美萧山起飞，万物释放各自静电
组成为爱疯狂的合唱团
以亚运会在萧山举办的自豪入天市点灯

拆尘世朽木栏杆，让全世界领略最美萧山
一叶一静止
就铺成萧山与天相接的镜子

汇聚萧山的亚洲口音成最好的编剧
亚洲运动健儿像含糖一样
把萧山含化在春天，舌尖最甜的部分

留给更多像李亚红一样的萧山人
将心中滔滔不绝的向往
延绵为萧山文脉摇橹浦阳江水迎亚运

何利亚书萧山华章

仿会稽山用自己挺直的身子做萧山塔灯
退休老人何利亚
平安小区守护者，脸抵着脸
膝抵着膝与小区居民共飨亚运大餐
愉悦地漫步在云端下
以心中荡漾的澎湃押韵唐诗入萧山垂足
写浙江史诗，以自豪荡起的涟漪
柔软宋词入会稽山塔灯
永兴河小鱼吹响先祖自带招魂的檀箫

拖落日回家点灯，以何利亚归宿
写萧山新章
灯下落笔文字像萧山英姿飒爽的女子
在萧山旧颜点石成金邂逅最美萧山新妆
永兴河种活萧山自信雕像
市民在鸟语中散步，老人沐浴新妆
踏紫霞延伸橄榄，把天街小雨的身姿
引入萧山线装的堂室
每一处被亚运会喜悦点睛的日记

挣破时间桎梏，给甲骨想要的光明
用萧山爱憎拈捏先祖传承物证
沸腾会稽山草木，给祖母额间汗水
取一个好听的乳名，让天下母亲的额头
不再有恨水泛滥
有亚运会精神压底心海，恨水
在萧山永世不再沦为沧海，有萧山美学
为人间调羹温酒，花开的地方都是家
被亚运健儿簇拥为首的那朵就叫萧山

亚运会，萧山奔跑的风景与澎湃的心跳

◎路　琳

1

今天的萧山，跳动的脉搏和着动感的节奏
在均匀而有力的呼吸吐纳中
一个个追逐梦想的脚步，踩着健康的旋律
让不羁的清风都紧紧追随

于是，一座城的心跳
都和这亚运会有关，脚步飞驰，汗水滴落
阳光和汗水里，都有着那梦想的味道

2

赛场上，涌动的人群
是这萧山最美的笑容和内心涌动起的最美涟漪
你看，这一个个追梦的脚步啊

正在追赶健康，正在奔向幸福
就连那一缕缕迎面吹来的风
都被激动灌醉，之后踉踉跄跄

于气势恢宏中，一个身影就是一道闪电
他们刺破这沉寂，让一座城市瞬间沸腾
点燃梦想的火把，追梦的萧山啊
在万物峥嵘中大写自己的美好未来

3

自然风景、人文景观与盛世繁华
都在这亚运会的赛场上一路向后闪退
是啊，成就属于历史，未来就在不远的前方为你等候
紧紧握住这亚运会的热情与激情
用自己飞奔的脚步，在这萧山大地上
写下那永恒的诗行，在无数的平平仄仄中
为这萧山书写下一个更加璀璨辉煌的篇章

将这亚运会的文明活力与精神
——装进一座城无数人的骨子里
运动无止境，梦想无止境
赛事有始有终，而这萧山人民追梦的脚步啊
永远都会在路上

游轮·朋友

◎盛　旭

新丽星号游轮
就像温柔的手
在江面上演奏
灯火璀璨的两岸
明月清风
交相辉映中
我沉醉了
如梦如幻
江岸盛开的玉色莲花

我亲吻你
我心潮澎湃
美不胜收的风景
星空里
霓虹灯下
宛如在银河系里
浩瀚无垠的宇宙间遨游

丰盛的晚餐
喝上一杯酒

这不是海市蜃楼
这擎天的双子塔
抒写一首最美的诗
上有富春山居图
下有杭州是天宫
一江富庶自古繁华
亚运之城天堂杭州
游轮、朋友
我的家乡
我的挚爱
我最美的享受

走过萧山（外二首）

◎曾　龙

时间走过了七点零八分
沉默得要忘了该去沉默的人
到点的灵魂
别忘了关上车的灯

灯光里暧昧闪烁的昏
它说借半秒余温
照亮一个讲故事的人
还有远方意外惊扰的钟声

只是在遇见与错过里不分
那个错把哭当作笑的人
满上一杯烈酒
倒进黄昏煮开青山的湿润

借一叶孤舟问
长河的争流

落日的孤鸟
停在七点零八分

梦回萧山

梦在萧山的阑珊里
被星光点燃
我什么都不想说破
除了眷恋

要是我只能够眷恋
那就让小小的舟
先把黑夜泛滥

可那终究不是我
静默是黑夜的缠绵
但请别说出我的怀念
如果老去就在人间
就请让我
再梦一回萧山

萧山的喂养

凌晨静默的雨缺少仪式
用轻踏在石板上的节奏
熄灭了想要活着的梦
冬日的眼睛凹陷成白色的地面

在窥探中，流出两行泪
追赶奔腾的河流

风来了，把大山的脊梁
在浮世轻轻抚摸了一遍
除了顽强，它和我一样深爱着
大地上的每一株野草
孤灯和影子
醉于昆虫合奏与泥土的献祭里
最甜的乳液也腻了
一切归于宁静

所有的字从春天迎面而来
穿过我们用旧了的场景
我不知道我是谁的孩子
正如我不知道
一只睁着的眼
从一只闭着的眼里
流出了泪光

一叶独木舟的咏叹

◎祝美芬

在远离尘嚣的一泓新水之下
于跨湖桥畔
你，一叶八千年前的独木舟
安然地躺于湖底
伴着远古的号角
追忆着宇宙洪荒

沧海桑田间
你伴随远占的号音踏浪而来
继而融入时代的强音
两岸好山青嶂列
一泓新水绿罗铺
青山依旧妩媚
湖水依旧清冽

只不过今日湖山之间
突然间冒出了一个个驿站
那是游客歇脚的串串逗点
柴岭山上樵夫的砍柴声

已随山林间的鸟鸣声渐行渐远
如今只听得湖水轻轻打击之间
有草坪间柔缓的轻音乐如影相随
思古幽情中平添了入世的轻盈飘逸

湖山广场的湘湖驿里
几位年轻导游热烈探讨着
亚运期间迎候国外来宾
怎样的英文导游最合宜
动听的语音有点迫切
又有些兴奋
叽喳品评间思路豁然开朗

这里是一处凡尘美景地
有山，有水，有清风
山间有花
水底有鱼
风中有香
还有湖面上点点白鹭

这里是一处心灵栖息地
有春花夏荷秋叶冬雪之绚丽
有故事可读
有茶可喝
有驿站可留
又有人间之温情
还有诗与远方

任伯年，未带走一片云彩（外二首）

◎王葆青

几段传奇是任伯年罄囊留下的
一旁的山岚是瓜沥所固有的
外加一座纪念馆，一座雕像面山
端坐如牌位，端详、安稳
足以填补在外浮寄的光阴
背后断崖般的缺失，谱系遽止
他已把奢华整个地留给沪上
留给故乡的只是越来越大的疏离
和两个时代的反差，就连画中人
也仙逝得如此彻底，连同世态
也一同抹去，作为对应
任伯年未带走一片云彩

白龙寺

白龙寺高居于航坞山的极点
毫不理会壁立的断崖和我

白龙寺专注越来越厚的苍茫
也并不在乎谁慕名来到跟前
却没有进去朝拜，我只是不愿
下跪，那毕竟是一种媚态
即便有万千虔诚也不能折腰啊
所以我只是静静地站着仰视院墙
仰视那个向苍天匍匐的屋檐

航坞山剪影

观航坞山的最佳角度是从天空
俯瞰，一只八爪鱼已然脱离浮游
把吸盘紧紧吸附于裸露的海底
航坞山又名龛山
坎陷于水，一个凶险的卦象
一条恶龙曾久久地盘桓其下
在其与对面的赭山之间卷起骇浪
为了抵御肆虐，一道老塘横过其下
逐渐在外围形成月牙儿般的累积层
逐渐，累积越来越厚，累加为扇面
迫使恶龙逃逸故道，人类则适时合围
将海边的沼泽和滩涂圈养成沙地、良田
航坞山默默地注视这一切
并适时地把恶龙供上神龛
不久便有了一座白龙寺
恶龙也不再作恶，只在航坞山的极顶参禅

亚运之城（外一首）

◎蒋兴刚

如果非要确认这座城的亚运元素
我愿意相信园林工人在每一个早晨植下的
一朵朵小花，已经仰起笑脸
已经把这块土地上最大的热情
吸拽到自己的身体里
并用根、茎、叶将它转换为至上的色彩

场馆、街道、楼宇……或者
要为亚运做好准备的市民、志愿者
突然步调一致起来
他们开始去适应这种变化，并且带着亚运节奏
一起奔跑。300天，200天，100天……
倒计时在城市上空响彻

就像西西弗斯不断地在推动石头
有着造梦传统的亚运会
海洋、岛屿、内陆之和等同于轰隆隆的车轮

但我可以肯定地说：像阳光
把阳光传递给阳光一样
此刻，城市的激情已经转换到伸开双臂
拥抱幸福的模式

在亚运村看一场预演

像一台精密的仪器
照明、音响、安防、新风……
甚至消防通道上的一个指示灯牌的高低
都需要被反复调试

甲醛检测、闭水试验、噪声检测……
每一个环节都是冠亚军之争
谁愿意放过蛛丝马迹，留下丁点遗憾

既然热情已经调动起来
场馆的工作人员自然是预演的最佳人选
警铃响起，他们来来回回地换场，撤离
步伐多么矫健、统一

仿佛一次次掐好了时针，算好了路径
但……站在指挥室里的几位依旧"指手画脚"
这里、这里……那里、那里……
就像在为亚运会准备一双合脚的
内增高鞋垫

渔浦札记

◎沈国龙

在古纸堆中，我拾起你旧日的名讳

山峦无言，暮色苍茫
咬不断的岁月，依旧如逝
浙东的山水，被我匆忙记忆成过往
在渔浦，抑或三江汇
我肆意铺开的思绪，夹杂着些许惆怅
旧时邈远的疆域
在沧桑的皱纹中裂变，瘦骨嶙峋
我在古纸堆中，拾起你旧日的名讳

蒹葭苍苍，我穿越于唐时的风声里
剑斩系船的缆绳
撑一支篙桨，逆风而行
把前人的踪迹再走一遍

芦苇摇曳，波涛盈盈
我站在这里，与你成梦
从我诗里走出的音律
一苇之下，发酵出酒的滋味
吐露一串酒的呓语
梦游天姥，煮酒论道
以期一场唐突的遇见

岁月红尘烟雨中
那些年遗漏的风土人情
反刍在山水间
被岁月涂抹而删改了的脸庞
日益清晰
那些散落的诗句
泛出淡淡的痕迹
谁在月下，反弹着琵琶，仗剑高歌

历史的天空与俯拾

纵使我恶补了所有关于山水的词汇
也不能描述关于钱塘江畔之山山水水的美丽
我仿佛看见
黄公望将《富春山居图》
徐徐而展
我的心被史间此起彼伏的诗诵声占据

沧浪如风

群山不愿飞翔，蛰伏在浙江岸边
时间的空间，溢出了无数唐诗宋词
依稀中，谢客谪仙身影恍惚
我穿越于现实与历史间
我们，各有各的清澈
痕迹终究
会被后来客填平或
留下新的标识

渔浦，这钱塘江诗路的节点
沐风浴雨，我俯身拾起
历史的若干积淀
在这宜居的山水间
听钱潮和诗韵
身后，一幅浅浅的淡墨一抹
"文字喂育的一切如今愈加饥饿
"拿什么去痛哭古人，留赠来者？"
在三江口，我念叨着什么
把不解风情的章句
注入酒杯
搬进一页寻找不辍的宣纸中

我站在渔浦的水边

我在这之江拐点
三江汇处等你
暮春季节，为你栽下稻秧万千

掐算着稻花溢香蟹肥时
期待衣袂飘飘的你
挟潮涌而来
我们，在这
呼吸着三江之畔的清净气息
相伴难以割舍的诗缘

踏满地菊黄折身而入
堤边不知名的潮神庙
听不见经传的三江传奇
耳边响起
钱塘潮涌的澎湃
富春山水之悠然
涂一抹乡愁
与无数散落在漫漫诗海中的先贤
汇集渔浦
吟唱山水
相见时欢声声慢
归依今世词牌新

鸟鸣将我拽入现实时光
我不识归途

晨过文化园

天蓝，地幽
酷暑下的初伏，天道依旧

我是无意间闯入的不速之客

咫尺之外，繁华更甚

寂静之处，放飞空灵的思绪

所谓的一切，都是过眼烟云

身边的佛号诠释着因果

没有比孤寂与这幽静之幽静更相匹配了

鸟声不时从林深处溢出

风儿将飘落的残叶烘托

晨跑者的双脚与地的摩擦声

空旷于细微处聆听

新鲜涌动的气息

让喂养的诗意不变

向阳，生机盎然

义桥元素

三江之渔浦像个传说

从识文解字时我就喜欢上了她

少年时流连于其自然

不惑时每每感悟

爱她没有错，而且很正确

与诗词为伍，自得其乐

天人合一

我听到了浙江的旋律

我要谱写出浙江的旋律

三江口的风是甜甜的
就像钱塘江江鲜的味道
让人回味
三江口的水是柔软的
把我的眼睛抚摸
少年心事当拿云

我呼吸清新的空气，在母亲河畔
我流连渔浦夕阳下迷人的金色

浮桥遗址
无意透露义桥之沧桑
里河老码头和新兴的浙东大运河
彰显出不平凡的岁月之河
河边人家的一包四崇

义桥大桥，渔浦大桥
车水马龙，迎送着日出日落
东方文化园，昨天和今天的游人
传递出这里那里，生存与生活的变革
杨岐钟声，荡漾着人心不古

这些，都是构成了义桥的旋律
钱塘涛声和潮涌，沁入游子的梦中

竹乡掠影

"此处乃竹乡，春笋满山谷"
千年前的杭州老市长白居易
或许游历过云峰山峦
恰好应景，信手拈来
"山中春笋正堪煨"
在这人间四月天，六都南坞
云峰山下，我们赴一场
以笋为主角的盛宴

当春风还未融尽残冬的余寒
高风亮节之下，已然蠢蠢欲动
结党成营，欲露黄犊角
让鸟鸣稍迟落进六都升起的炊烟里
山谷寂静，我独享这夕阳西坠的空灵
婆娑竹啸，那一定是破土而出
春笋的吐纳声
走过的人说笋出来了
再走过的人说笋长大了
"无数春笋满林生，柴门密掩断人行"
杜甫的诗，是六都南坞此时此景
最好的诠释

我惊诧于山民的智慧
勒笋，把新鲜演绎成仓储的结果

失水的过程，将原味一脉以承
今天，我抓一把时尚新鲜
攥在手中
却是口碑相传的承继

重重叠叠，苍苍莽莽
别离大山是为了竹更好地繁衍
"无心插柳柳成荫"
人间的混搭，派生出无数佳肴

偶尔，会想起山中的日子

我们始终不能停留在某一刻（组诗）

◎雷元胜

有生之年

午后，在林间散步
想起同事偶尔说起的一个噩耗
就像面前的一只蝴蝶突然
折断翅膀

一只椋鸟躲进树林深处
大概是动作过猛
有枯黄的栾树叶从半空中散落

其实，我想说深秋到处是美的
落日是美的
流水是美的
那些不可名状的衰老与焦虑也是美的

此刻，要挑一根细长的竹竿
找一片果林
轻轻敲打那火红的果子

桐　花

地铁人民路站还没有到
挤在地铁里
那就写一写桐花吧

在新开河边有一株高大的泡桐树
桐花满树
春光那么好
无数行人都在等红灯

这么久了
春风还没有来
战备桥上的凌霄花都着急了

我等的绿皮火车
在老浙赣线上
也迟迟没有踪影

抵　抗

我无数次驾车
在杭州绕城高速上

有时大雨滂沱
有时阳光跑来敲打车窗

当我再次路过白鹿塘大桥
夜空像一匹宝蓝色绸布
星光缓缓下垂
而人间，永远灯火辉煌

我无法停车
想到未命名的春天
摇篮曲、鸟鸣
宇宙的尽头
一起涌过来

我们始终不能停留在某一刻

西山脚下有一群白鸟
在练习飞行术
忽高忽低，回旋反复

那片屋顶被它们不断抛弃又不断占领
我用一个上午的时间看书、喝茶
其间，我有几次短暂的远眺——
一只鸟曾与我四目对望

我承认，我贪享生活中
诸如此类的片刻欢愉

我们始终不能停留在某一刻

它们轻轻拍动翅膀
又在组织一次新的飞翔

岁末记

每一片树叶已经巧妙度过自己的一生
萧金路的鹅掌楸、仙家路的银杏树
还有人民路的悬铃木
它们与我一样
每天都在遇见自己的悲欢

这一年，我依旧困于人，累于事
当我继续写下新年愿望
虽有怨念和不甘
却心怀更多感激

现在，我只关心三条河流
其中，内仙家河可以安抚我的贫穷
赵家港河可以掩藏我空卑的心
另外一条不可捉摸，或者说它正在抵达
或者还有更多的可能性